हिन्द पॉकेट बुक्स

ख़ज़ाने का द्वीप

ये विश्व का महान क्लासिक कथा-साहित्य है और इन्हें लिखा है दुनिया के प्रसिद्ध लेखकों ने। इन रचनाओं को संक्षिप्त में रूपांतरित किया गया है बच्चों और किशोरों के लिए। इन रचनाओं को पढ़कर आपका भरपूर मनोरंजन होगा, साथ ही आप इतने बड़े लेखकों की विश्व चर्चित कृतियों की अच्छे से जानकारी रख पाएंगे।

ये कृतियां आसान भाषा में बहुत सुन्दर ढंग से लिखी गई हैं, जो आपके भीतर तक उतरती चली जाएंगी। इनमें दिए गए आकर्षक चित्र कहानियों को समझने में आपका साथ देंगे।

इंग्लैंड के महान उपन्यासकार रॉबर्ट लुई स्टीवेंसन के उपन्यास *Treasure Island* का ही यह रूप है *ख़ज़ाने का द्वीप*। वह एक भयानक द्वीप था। एक बंदरगाह से शुरू हुई वहां की अनोखी और रोमांचक यात्रा और उठाए गए जोखिमों की आश्चर्यजनक कहानी। छल, कपट, धोखे और दुश्मनी के महाजंजालों से गुज़र कर आखिर पा ही लिया वह अनमोल ख़ज़ाना।

बच्चों और किशोरों के लिए विश्व क्लासिक उपन्यास

ख़ज़ाने का द्वीप

विश्व के महान उपन्यासकार

रॉबर्ट लुई स्टीवेंसन

के अमर उपन्यास

Treasure Island

का हिन्दी रूपान्तरण

हिन्द पॉकेट बुक्स

पेंगुइन रैंडम हाउस इम्प्रिंट

हिन्द पॉकेट बुक्स

यूएसए | कनाडा | यूके | आयरलैंड | ऑस्ट्रेलिया | सिंगापुर
न्यू ज़ीलैंड | भारत | दक्षिण अफ्रीका | चीन

हिन्द पॉकेट बुक्स, पेंगुइन रैंडम हाउस ग्रुप ऑफ़ कम्पनीज़ का हिस्सा है,
जिसका पता global.penguinrandomhouse.com पर मिलेगा

पेंगुइन रैंडम हाउस इंडिया प्रा. लि.,
चौथी मंजिल, कैपिटल टावर -1, एम जी रोड,
गुड़गांव 122 002, हरियाणा, भारत

पेंगुइन
रैंडम हाउस
इंडिया

प्रथम संस्करण हिन्द पॉकेट बुक्स द्वारा 2011 में प्रकाशित
यह संस्करण हिन्द पॉकेट बुक्स में पेंगुइन रैंडम हाउस द्वारा 2022 में प्रकाशित

10 9 8 7 6 5 4 3 2

ISBN 9789353491826

मुद्रकः रेप्रो इंडिया लिमिटेड

www.penguin.co.in

MIX
Paper from responsible sources
FSC® C047271

This is a legitimate digitally printed version of the book and therefore might not have certain extra finishing on the cover.

एक

संसार में हर आदमी के जीवन में, वह चाहे या नहीं कुछ-न-कुछ ऐसा ज़रूर हो गुज़रता है, जिसे वह चाहे भी तो जिन्दगी भर कभी भुला नहीं पाता। मेरे साथ भी ऐसा ही कुछ गुज़रा, जिसे मैं कभी-न-कभी दोहराता ही रहता हूं, मुझे अक्सर सपने में उस विचित्र टापू की अपनी यात्रा के दृश्य दिख जाया करते हैं और फिर मैं रात को ठीक से सो नहीं पाता। अभी थोड़ी देर पहले ही मैंने पाया कि मैं ब्रिस्टल के बन्दरगाह पर पहुंच कर अंगड़ाई लेने लगा था कि अचानक बिस्तर से नीचे गिर पड़ा।...

अब शेष रात नींद तो आने से रही, लीजिए मेरी कहानी सुन लीजिए। मैं ब्रिस्टल के बन्दरगाह पर क्या करने गया था, यह स्वयं जान लीजिए बस, थोड़ा धीरज रखें। मैं अपने बचपन से ही बात शुरू करूंगा।

मेरे पिता एक सराय चलाया करते थे, जिसका नाम था, 'एडमिरल बनेवा' और उसमें अक्सर बहुत दूर-दूर के यात्री आकर ठहरा करते थे। हमारे यहां का खाना बहुत बढ़िया हुआ करता था और बहुत ही कम दाम पर परोसा जाया करता था। लौटते वक्त यात्री हमारे यहां से प्राप्त सेवा की सराहना करते हुए जाया करते थे।

एक दिन एक अनोखा यात्री आया।

मेरी उम्र उस समय अधिक नहीं थी और मैं खेलने-कूदने में

ही लगा रहा करता था, लेकिन फिर भी उस यात्री का आना मुझे अब तक याद है। वह यात्री कोई जहाज़ी मालूम पड़ता था। उसके पीछ-पीछे एक कुली अपने सिर पर लोहे का एक बड़ा भारी और सुन्दर पुराना सन्दूक लादे हुए आया था।

मुझे अच्छी तरह याद है, वह जहाज़ी लम्बा-तगड़ा था और उसके दाहिने गाल पर तलवार या किसी अन्य धारदार हथियार से हुए घाव का निशान था और वह अपने साथ एक तलवार लिए हुए था। पहले ही दिन उसने सराय में गाना गाते हुए प्रवेश किया था। आते ही पहले तो उसने बड़े ज़ोर से दरवाज़ा खटखटाया और जब स्वयं मेरे पिता ने उसके लिए दरवाज़ा खोला, तो उसने बड़े कड़क लहजे में फ़रमाइश कर डाली, "मुझे बहुत प्यास लगी है। जल्दी से जल्दी मेरे पीने के लिए कुछ मंगा दीजिए। मैं एक जहाज़ का कप्तान हूं और कुछ दिन तुम्हारी इस सराय में ठहरकर आराम करना चाहता हूं।"

उसकी आवाज़ इतनी कठोर थी कि मैं तो क्या पिता जी तक सहम गए थे। कुली से अन्दर एक कमरे में सन्दूक उतरवा लिया गया और उसे उसकी मजदूरी के पैसे देकर चलता कर दिया गया। कुली ने जाते-जाते एक बार फिर जिस अचम्भे से सन्दूक की तरफ़ देखा, उससे मेरा भी ध्यान संदूक पर अटक गया। क्या हो सकता है इस सन्दूक में, मैंने मन-ही-मन सोचा और यह भी सोचा कि इस जहाज़ी से ही क्यों न पूछ लूं, पर उसके व्यवहार का पहला असरा ही इतना डरावना था कि मुझे साहस नहीं हुआ। अपने को बहलाया कि यह आदमी चूंकि जहाज़ी है, अतः इसमें रोजमर्रा के इस्तेमाल में आने वाली चीज़ें ही होंगी, हां, कुछ अजीब चीज़ें, जो उन अलग-अलग जगहों से यादगार के रूप में लाई गई होंगी, जहां-जहां यह जहाज़ी गया होगा। बहरहाल मैंने अपनी हड़बड़ी पर संयम रखना ही ठीक समझा कि अभी से सारी जानकारी लेने की ज़रूरत भी क्या है, अभी

तो यह यहां जमेगा ही । कभी-न-कभी सन्दूक भी खोलेगा ज़रूर। कमरे में आते-जाते रहने से हमसे भी छिपा नहीं रहेगा कि इसमें है क्या और फिर यह विचार भी आया कि कुछ भी हो, मुझे क्या लेना है?

थोड़ी देर में ही यात्री के चरित्र का दूसरा पहलू भी अपने आप उजागर हो गया। यह अक्खड़ ज़रूर था, पर नर्म मिज़ाज यह हम सोच भी नहीं पाए थे। वह मेरे पिता से बड़ी नर्मी से बोला, ''मेरे खाने-पीने के लिए तुम्हें ज़्यादा प्रबंध करने की ज़रूरत नहीं होगी। तुम आसानी से मुझे जो भी परोस दोगे, मैं उसी से काम चला लूंगा। हम जहाज़ियों की आदत ऐसी ही होती है।''

जहाज़ी को जोड़-तोड़ बहुत भाता था और भीड़-भाड़ से कतराया करता था। वह अपने साथ सदा एक दूरबीन रखता था। चाहे वह कहीं भी जाता, दूरबीन उसके पास ही रहती थी। दिन भर वह इधर-से-उधर भटकता फिरता था। कभी वह किसी पहाड़ी पर चढ़ जाता और दूरबीन लगाकर आसपास के दृश्यों को निहारता रहता या कभी किसी पेड़ पर चढ़कर बैठ जाता और वहीं से चारों तरफ़ आंखें घुमाता रहता, मानो जैसे उसने अपने-आपको उस जगह की रखवाली के काम के लिए रख लिया हो!

शाम होते ही वह सराय में लौटकर चुपचाप एक कोने में जम कर बैठ जाया करता था। अगर कोई उस समय उससे कुछ भी गैरज़रूरी बात करने लगता, तो वह तुनक कर आपे से बाहर हो जाता और कुछ कह बैठता। गुस्से में उसकी नाक फड़कने लगती थी।

एक दिन कप्तान ने मुझे एक काम सौंपा। कप्तान जानता था कि मैं इधर-उधर खेलता-कूदता रहता था। उसने मुझे इशारा करके अपने पास बुलाया और प्रेम जताते हुए बोला, ''लो यह रुपया तुम्हारे लिए है। तुम दिन-भर इधर-उधर घूमा करते हो। पता नहीं ठीक से

कुछ खाते-पीते भी हो या नहीं। अब से तुम मुझसे प्रति माह एक रुपया पाया करोगे। इसके बदले में तुम्हें मेरा एक काम करना होगा, बोलो करोगे?"

रुपया पाकर मैं खुश होता ही और अब तो यह हर महीने मिलते रहने की उम्मीद बंधा रहा था। मतलब कि मेरा काम लग गया है, पर काम क्या है, यह भी तो पता लगाना ज़रूरी है? मैंने आंखों से सवालिया निशान डालकर उसकी ओर देखा।

"काम कोई मुश्किल नहीं है," वह बोला, "बस, कभी तुम्हें कहीं भी कोई लंगड़ा जहाज़ी दिखाई दे जाए, तो आकर मुझे बता देना होगा। मैं तुम्हें एक लंगड़े जहाज़ी को खोजने का काम सौंप रहा हूं, लेकिन याद रखना कि यह सब तुम्हें किसी दूसरे को बताना नहीं है। किसी को इसकी भनक तक न लग जाए, यही सावधानी बरतनी होगी। बोलो, कर सकोगे?"

मैंने सिर हिलाकर हामी भरी और चुपचाप उस जहाज़ी का काम करने लगा। रोज़ सड़कों पर घूमते हुए मैं लोगों की चाल-ढाल अच्छी तरह परखने लगा। उस लंगड़े का मुझे इतना ध्यान रहने लगा कि हर समय उसकी ही याद रहने लगी। यहां तक कि सपने में भी मुझे लंगड़े-ही-लंगड़े नज़र आने लगे।

कप्तान सराय में किसी से हेल-मेल नहीं रखता था, वह किसी के कमरे में नहीं जाता था और न कोई उसके पास आता था। रात में बड़ी देर तक जागता रहता और जब भी मन करता जहाज़ियों वाला कोई गीत गाता रहता था, "नदिया में उठा है शोर, छाई है घटा घनघोर, जाना दूर है, हो हैया, हो हैया!"

उसकी आवाज़ बहुत मोटी थी। जब वह 'हो हैया' करता, तो पूरी सराय उससे गूंजती रहती थी। जो कोई उस समय उसके सामने से गुजरता उसके कहने पर उसे उसके साथ गाना पड़ता था, वरना

वह नाराज़ होकर भखेड़ा मचा दिया करता था। कभी-कभी वह गाते-गाते एकदम से चीख पड़ता था, "बन्द करो! बन्द करो! तुममें से किसी को गाना नहीं आता।"

सब लोग चुप हो जाते थे। कभी-कभी वह कहानी सुनाने लग जाता था। उसकी कहानियां भी बड़ी अजीब हुआ करती थीं। कभी वह दूर देशों की यात्राओं की कहानियां सुनाया करता, तो कभी चोर, डाकू और लुटेरों के ज़ुल्मों के ख़िलाफ़ रोमांचक मुठभेड़ों की। कहानी सुनाने के समय किसी की क्या मज़ाल कि कोई टोका-टाकी कर जाए। यदि कोई बीच में बोल जाता, तो वह उसे फ़ौरन ही डांट दिया करता था।

इस तरह सराय में रहते हुए उसे काफ़ी दिन हो गए थे। वह वहां से टलने का नाम ही नहीं लेता था। ऐसा लगता, जैसे उसे वह जगह बहुत पसन्द आ गई थी, लेकिन हमारी जान उसके कारण मुश्किल में फंसी हुई थी। उसका सारा हिसाब उधार चलता था। उस पर सराय का बहुत-सा पैसा चढ़ गया था। मेरे पिता जब तंगी महसूस करते और उससे पैसा मांगते, तो वह फ़ौरन बहाने बना देता। और सख़्ती से कहने पर जवाब में वह भी फ़ौरन आंखें निकाल कर उन्हें डांटने लग जाता था। पिता जी हार-थककर अपना-सा मुंह लेकर उसके कमरे से वापस चले आते थे।

कप्तान जिस सन्दूक को लेकर पहली बार हमारे यहां आया था, यह तब से बराबर बन्द ही था। वह हमने कभी उसे सन्दूक को खोलते नहीं देखा था। कभी किसी को चिट्ठी नहीं लिखता था। और न उसकी कोई चिट्ठी कभी कहीं से आती थी। शायद उसका कहीं कोई रिश्तेदार भी नहीं था। हम इसलिए परेशान थे कि उसके बारे में किसके सामने जाकर अपना दुखड़ा रोते, यह बात समझ नहीं पाते थे।

एक दिन पिता जी को बहुत तेज बुख़ार आ गया। मैं आकर पिता के एक परिचित डॉक्टर लिवेसे को उनके इलाज के लिए बुलाकर ले आया। जिस समय डॉक्टर आया, उस समय तक कप्तान आंगन में काफ़ी बखेड़ा मचाते अचानक बेहोश होकर आंगन में ढहा पड़ा था। डॉक्टर ने पिता को देखकर नुस्ख़ा लिख दिया, लेकिन अभी उसकी गाड़ी उसे लिवाने नहीं आई थी। इसलिए वह बाहर बैठकर इन्तज़ार करने लगा था। रात होती जा रही थी। थोड़ी देर में कप्तान का नशा हलका हुआ, तो उसने अपनी भद्दी आवाज़ में ज़ोर-ज़ोर से गाना शुरू कर दिया।

डॉक्टर को अपनी बीमारी के कारण उसका यह शोर करना बहुत अखरा। उसने चाहा कि कप्तान का गाना बन्द हो जाए, पर मुश्किल यह थी कि कप्तान को कौन कहे कि वह गाना न गाए। डॉक्टर उसकी तरफ़ देखकर नाराज़गी से घूरने लगा। कप्तान और भी चिढ़ गया और उसने और भी तेज़ आवाज़ में गाना शुरू कर दिया। चीखते-चीखते वह बीच-बीच में मेज पर हाथ भी पटकता जाता था। गाना ख़त्म हो जाने पर वह मेज़ पर हाथ पटक-पटककर मानो ड्रम पीटने का नाटक-सा करता रहा, फिर थककर चीखा, "चुप रहो! ख़ामोश!"

डॉक्टर ने सुना, तो चिढ़कर बोले, "क्या है, कुछ मुझसे कह रहे हो?" कप्तान बोला, "हां-हां, तुम्हें ही कह रहा हूं। क्या इतनी भी अक्ल नहीं है तुममें कि समझ लो, यहां तुम्हारे सिवा और किसको कहा जा सकता है, बोलो?"

उसकी यह बात डॉक्टर को और भी बुरी लगी। उसने उसकी इस हरकत के लिए उसे फ़ौरन डांट पिलाई, "तुम अपना यह बेसुरा राग बन्द करोगे या नहीं? मैं डॉक्टर हूं। मेरी बात सुनो, तुम हल्ला बहुत करते हो, इसे बन्द कर दो, नहीं तो जल्दी ही पागल हो जाओगे!"

लेकिन कप्तान यह सुनकर और भी भड़क उठा, "पागल हो

जाऊंगा! तुम होश में तो हो! कौन पागल करेगा मुझे, मैं देखता हूं...'' और वह उछलकर खड़ा हो गया और जेब से छुरा निकालकर लड़ने के लिए हवा में हाथ घुमाते हुए बोला, ''आओ, जिसके मन में मरने की आ रही हो, चले आओ...''

लेकिन डॉक्टर ज़रा भी नहीं घबराया। उसने उसे झिड़क कर कहा, ''बेवकूफ अपना यह छुरा अपनी जेब में रखो, नहीं तो फांसी पर चढ़ना पड़ जाएगा।''

कप्तान आग बबूला होकर कुछ देर यूं ही खड़ा इधर-उधर देखता रहा। उसका बस चलता तो वह डॉक्टर को कच्चा चबा डालता, लेकिन वह कुछ कह नहीं पाया, क्योंकि डॉक्टर ने उसके कहे शब्दों पर पानी फेर दिया, ''मुझे सिर्फ डॉक्टर ही मत समझ लेना। मैं यहां का मैजिस्ट्रेट भी हूं। याद रखना, अगर तुम्हारी ओर से कुछ गड़बड़ी की बात हुई, तो सजा तुम्हें भी मिलेगी! तुम्हें मैं बहुत कड़ी सजा दिलाऊंगा।''

कप्तान शायद डॉक्टर से सचमुच डर गया था, क्योंकि उस शाम वह शान्त बना रहा और बाद के कई दिनों तक भी उसने कुछ हंगामा नहीं मचाया।

दो

मेरे पिता ने अब पूरी तरह चारपाई पकड़ ली थी। वह बिना मदद के दवाई तक नहीं ले पा रहे थे। अतः सराय की देखभाल से छूटकर अपने कमरे में बिस्तर पर ही पड़े रहते थे और सराय का काम मेरी मां और मैंने संभाल लिया। हम लोग जहां तक बनता कप्तान से दूर ही रहते थे अपने पिता के स्वास्थ्य की प्रार्थना के साथ-साथ हम प्रभु से यह कामना भी करते कि उससे हमारा पिंड छूट जाए। वह खाता तो था ही, ऊपर से गुर्राता भी था।

जाड़े के दिन थे सवेरे-सवेरे ठंडी हवा चल रही थी। हल्का-हल्का कोहरा पड़ रहा था। रात को बर्फ़ गिरी थी। सब तरफ़ मानो चांदी फैली पड़ी थी, सफ़ेद रुई के फाहे जैसी मुलायम। ऐसे समय में कप्तान घूमने निकल पड़ा। हमेशा की तरह आज भी उसकी कमर में तलवार लटकी हुई थी और वह अपने हाथ में दूरबीन थामे चल रहा था। अक्सर वह काफ़ी दिन निकलने पर घूमने जाया करता था, उस दिन न मालूम क्यों मुंह अंधेरे ही निकल पड़ा था।

उस समय मां पिता जी के कमरे में उनकी देखभाल कर रही थी और मैं नीचे ग्राहकों के खाने की मेज़ साफ़ कर रहा था। उसी समय एक आदमी तेज़ी से चलता हुआ वहां आया। उसका चेहरा काफ़ी लम्बा और पतला था। उसके बाएं हाथ की दो उंगलियां कटी हुई थीं और वह भी कमर में तलवार बांधे हुए था। अन्दर आकर

उसने इशारे से मुझे अपने पास बुलाया। मैंने यह देखने के लिए कि यह लंगड़ा तो नहीं है, झुककर उसके पैर देखें, लेकिन उसके पैर सही-सलामत थे। अपने पास बुलाकर उसने मुझसे पूछा, "क्या उस मेज पर तुम मेरे मित्र मिस्टर विल के लिए नाश्ता परोस रहे हो?"

मैंने कहा, "कौन विल, मैं किसी विल को नहीं जानता। यहां अभी कप्तान आकर नाश्ता करने वाले हैं। मैं उसी की तैयारी कर रहा हूं। वह सवेरे घूमने के लिए निकले हैं। आने वाले ही होंगे।"

वह आदमी बोला, "हां-हां वही। और तुम जिसे कप्तान कह रहे हो, हम लोग उसे ही मिस्टर विल के नाम से पुकारते हैं। कप्तान ही विल है। उसके दाहिने गाल पर तलवार की चोट का एक निशान है। बोलो, है न?"

"हां है, लेकिन वह तो घूमने गया है। इस समय यहां कहां है?"

"किस तरफ़ गया है, है कोई अन्दाज़ा? क्या तुमने उसे जाते हुए देखा था?"

"हां, वह उधर पहाड़ियों की ओर घूमने जाया करता है।"

"कब तक लौटेगा, कुछ तो बताइए?"

"समय तो हो चुका, अब तक तो उसे आ जाना चाहिए था।" मैं बोला।

यह सुनकर वह चौंका और फिर मेरा हाथ पकड़कर खींचते हुए बोला, "आओ मुझे उसको चौंकाना है, इसलिए ज़रा किवाड़ के पीछे छिपा दो।"

मैंने उसे किवाड़ की ओट में ले जाकर खड़ा कर दिया। थोड़ी देर बाद कप्तान लौट आया और नाश्ते की मेज़ पर जम गया। तभी किवाड़ के पीछे से इंतिज़ार में डंटे हुए उस आदमी ने निकलकर विल को आवाज़ दी, "मुझे पहचान रहे हो न विल?"

विल उसकी आवाज़ सुनकर चौंक पड़ा और बड़ी तेज़ी से, जैसे

बिच्छू पर पांव पड़ गया हो, उछलकर बोला, ''कौन, ब्लैक डॉग तुम!''

''हां, मैं ब्लैक डॉग ही तो हूं? तुम इस तरह चौंक क्यों गए? सोचो, इस तरह तुम्हें खोजते हुए भला यहां और कौन आ सकता है? मैं तुम्हें एक बात कहने के लिए यहां तक आ गया हूं।''

कप्तान बोला, ''देखो तुम बेकार मेरे पीछे लगे हो। जो कुछ कहना हो, जल्दी कह डालो और अपने रास्ते लगो।''

वह आदमी कप्तान के सामने डरते-डरते कुर्सी खींच कर बैठ गया। मैं उन दोनों के लिए जलपान ले आया, लेकिन वह लोग बातों में मस्त थे। मैं वहां किस बहाने से ठहरता, इसलिए चला आया, लेकिन मेरा मन उनकी बात सुनने को मचल रहा था। अतः हाथ का काम यथाशीघ्र निबटा दरवाज़े के पास कान लगाकर खड़ा हो गया। पहले तो कुछ भी सुनाई नहीं पड़ा, वे लोग बहुत धीमे-धीमे बात कर रहे थे, फिर किसी बात पर गुस्सा होकर दोनों ज़ोर-ज़ोर से बोलने लगे। मैंने सुना ''यहां से चले जाओ।''

अब दोनों चीख़-चीखकर बोलने और एक-दूसरे को गाली देने लगे। मुझे ऐसा भी लगा कि वे आपस में हाथापाई भी कर रहे थे। मेज़-कुर्सी फैंकने, गिरने और टूटने की आवाज़ें आने लगी। मुझे लगा कि उनमें बुरी तरह ठन गई थी और दोनों तलवार लेकर एक-दूसरे पर झपट पड़े थे। सचमुच तलवारें खनखनाने लगी थी, फिर लगा, ब्लैक डॉक का पलड़ा कमज़ोर पड़ गया था और वह जान बचाकर खिसक लिया। मैंने देखा कि उसके हाथ में तलवार थी और उसके बाएं कन्धे से खून बह रहा था। कप्तान ने लपककर उसका पीछा किया, लेकिन ब्लैक डॉग हाथ नहीं लगा। वह बचकर निकल गया था। शिकार हाथ से निकल जाने का मलाल लिए कप्तान वापस लौट आया। उसका सारा शरीर कांप रहा था। दीवार का सहारा लेकर उसने मुझे आवाज़ दी, ''जिम!''

मैं फौरन भागता हुआ भीतर पहुंचा और पूछने लगा, ''क्या हुआ? यह चोट कैसे आ गई! तुम्हारा वह मेहमान कहां गया?''

लेकिन कप्तान ने कुछ जवाब नहीं दिया, बस कहा, ''पानी लाओ अब मैं यहां नहीं रहूंगा, चला जाऊंगा। बस, जल्दी ही जाना होगा।''

हम मां-बेटे सोच भी नहीं पाए थे कि क्या किया जाए, तभी हमारे परिचित डॉक्टर लिवेसे अचानक घूमते हुए उधर आ निकले। आए तो वह पिताजी को देखने थे पर कप्तान की दशा सुनकर उन्होंने पहले उसे जांचना मुनासिब समझा। उसने बहुत ध्यान से कप्तान की जांच की और हमें तसल्ली देते हुए कहा, घबराइए मत। खतरे की बात तो है, मगर अभी कुछ बिगड़ने वाला नहीं है। मैं जानता था कि किसी दिन इसका बुरा हाल होगा। इसने मेरी बात नहीं मानी तो इसके प्राण जाएंगे ही। फिलहाल तो इसे मैं होश में लाए देता हूं। जाओ एक तशला ले आओ! इसके हाथ की एक नस में जरा-सा चीरा लगाकर शरीर का थोड़ा-सा खून बह जाने देना होगा, जिससे इसे होश आ जाएगा। यह हाई बल्ड प्रेशर का मामला है।''

मैं दौड़कर एक तशला ले आया। तब तक डॉक्टर ने कप्तान के एक हाथ से उसके पहने हुए कपड़े अलग कर डाले थे। मुझे यह देखकर बड़ा आश्चर्य हुआ कि कप्तान का हाथ बहुत तगड़ा था। डॉक्टर ने अपने झोले में से एक छुरी निकालकर कप्तान के हाथ की नस ज़रा-सी काट दी। थोड़ा-सा खून बह जाने के बाद कप्तान स्वतः ही होश में आ गया और झटके के साथ खड़ा होते हुए बोला, ''कहां गया ब्लैक डॉग किधर निकल गया? खबीस बच गया!...''

डॉक्टर ने कहा, ''बको मत, यहां कोई नहीं है। मैंने तुमसे कहा था कि यहां उधम मत मचाना। लेकिन तुमने मेरी बात नहीं मानी. ..अब भी मान जाओ, तो तुम्हारा ही लाभ होगा।'' फिर उसने हमारी ओर मुड़कर कहा, ''इसे ऊपर ले जाकर इसके बिस्तर में सुला आओ

और रात में इसका ध्यान रखना।"

तीन

दोपहर का समय था।

अपने पिताजी को दवा पिला देने के बाद मैं कप्तान के कमरे में पहुंचा। वह बिस्तर पर पड़ा था। मुझे देखकर उसने मुस्कराने की कोशिश की और बोला, "जिम यहां परदेस में तुम ही मेरा एकमात्र सहारा हो। छोटे होते हुए भी तुम मेरे दोस्त हो गए हो। अब तुम्हें मेरा एक काम करना होगा।"

थोड़ी देर तक चुपचाप पड़े रहने के बाद वह फिर बोला, "क्यों जिम, क्या आज तुमने उस आदमी को देखा था? अरे, वही ब्लैक डॉग वह बहुत ख़राब आदमी है। अब उसकी नज़र में पड़ जाने के कारण मुझे यहां से चले जाना पड़ेगा, नहीं तो ये लोग मुझे बर्बाद करके रख देंगे। असल में वे मुझसे मेरा सन्दूक छीनना चाहते हैं।" फिर कुछ देर रुककर वह बोला, "क्यों जिम, तुम घुड़सवारी करना जानते हो? अच्छा, ठीक है, तो जाओ, तुम उस डॉक्टर को, जो यहां का मैजिस्ट्रेट भी है, बुलाकर ले आओ। उसे बता देना कि वह अपने साथ अपने अन्य साथियों को भी लेता आए। उन सबकी मौजूदगी में मैं अपने बयान कलमबद्ध कर देना चाहूंगा कि मैं ही फ़्लिंट का पहला साथी था। मैं ही उस जगह को जानता हूं, जहां फ़्लिंट का ख़जाना दफ़ना हुआ था। मरते समय फ़्लिंट अपना वह नक़्शा मुझे

ही सौंप गया था। ख़ैर, मुझे अब इस बात का कोई डर नहीं रहा कि ये लोग मुझे काला निशान दे देंगे। सबसे ज़्यादा डर तो मुझे उस लंगड़े खलासी से ही लगता है।''

''काला निशान,'' मैंने चौंक कर पूछा, ''यह काला निशान क्या है कप्तान?''

''मौत का परवाना, असल में यह एक तरह का मौत का सन्देश है जिसे यह मिलता है, वह बच नहीं सकता। अगर यह मुझे मिला, तो मैं तुम्हें इसके बारे में सब विस्तार से बताऊंगा, लेकिन तुम इस दौरान चारों तरफ़ चौकन्नी नज़र रखना और जब कभी तुम्हें वह लंगड़ा दिख जाए, तो आकर मुझे ख़बर कर देना यह अच्छी तरह समझ लो कि मैं तुम्हें अपनी दौलत का आधा हिस्सा देने वाला हूं। मेरा साथ देते रहना।''

इसके बाद कप्तान और भी कई तरह की बातें करता रहा। मैंने उसे दवा पिला दी। जब वह ऊंघने लगा, तो मैं उसके कमरे से चला आया।

उसी दिन मेरे पिताजी की तबियत बहुत ख़राब हो गई शाम को पिताजी चल बसे। घर में रोना पीटना मच गया।

दूसरे दिन कप्तान की दशा देखकर मुझे बड़ा आश्चर्य हुआ। कभी वह सीढ़ी पर चढ़ता, तो कभी उतर जाता। कभी दौड़कर बाहर जाता तो फिर अन्दर लौट आता था। वह एक पल भी चैन से नहीं बैठ पा रहा था। यहां तक कि एक बार तो उसने तलवार निकालकर मेज़ पर रख दी और फिर जाकर दरवाज़े पर खड़ा हो गया। थोड़ी देर में ही वह अन्दर लौट आया। मुझे उसका चेहरा देखकर डर लगने लगा था। वह बुरी तरह घबराया हुआ लग रहा था और पूरा दिन इसी प्रकार चक्कर-घिन्नी बना घूमता रहा।

शाम को मैं यूं ही सराय के दरवाज़े के पास खड़ा था और अपने

पिता की यादों में डूबा था। मेरा मन बहुत उदार था। उसी समय मैंने देखा कि एक आदमी धीमे-धीमे चला आ रहा है। जब वह सराय के पास पहुंचा, तो मैंने देखा कि वह अन्धा था और ज़मीन पर छड़ी खटखटाते हुए आगे बढ़ रहा था। उसने अपनी आंख और नाक के ऊपर एक हरा कपड़ा बांध रख था। वह कुछ कुबड़ा भी था और दुबला-पतला मरियल सा था। उसके जैसा खूबसूरत और उस पर डरावना चेहरा मैंने इसके पहले कभी नहीं देखा था।

सराय के दरवाज़े के पास आकर वह ठहर गया, उस पर फिर एक अजीब-सी मरी-मरी आवाज़ में उसने पूछा, "अरे, भाई, इस अन्धे आदमी को कोई बता सकता है कि यह कौन-सी जगह है। मैं इस समय कहां पहुंच गया हूं। हाल ही में मैंने अपने देश की रक्षा करते हुए अपनी आंखें खो दी हैं। कोई मेरी मदद तो करो।"

उसकी हालत पर पिघलकर मैंने उसे बताया, "श्रीमान् इस समय तो तुम मेरी सराय एडमिरल बेनवो के सामने आ पहुंचे हो।"

मेरी आवाज़ सुनकर अन्धा बोला, "आवाज़ से लगता है, मैं किसी लड़के से बात कर रहा हूं। बेटा, जरा मेरा हाथ थामकर मुझे अपनी सराय में भीतर तो ले चलो।"

मैंने अपना हाथ बढ़ा दिया। उसने जोर से कसकर मेरा हाथ थामा, मुझे लगा अगर यह यूं ही थामे रहे, तो मेरी हड्डियां चटका देगा। वह बोला, "बेटा जरा मुझे एक बार कप्तान विल के पास तो पहुंचा दो।"

मैंने टालना चाहा और कहा, "कप्तान का दिमाग़ आजकल ठीक नहीं है। उसके पास जाने की मुझमें हिम्मत नहीं होती।"

अन्धे ने मेरा हाथ ज़ोर से ऐंठते हुए कहा, "चुपचाप मुझे वहां पहुंचा दो, नहीं तो यह हाथ समझ लो कि तुम्हारा था ही नहीं, अभी

तोड़ डालूंगा।" मेरे मुंह से चीख निकल गई। उसकी पकड़ से छूट सकना सम्भव ही नहीं था। मैं अजीब मुसीबत में फंसा था। मजबूर होकर उसे भीतर लाना पड़ा। वह बार-बार मेरा हाथ मरोड़कर कहता था, "चलो-चलो, रुको मत! सीधे कप्तान के पास चलो और उसके कमरे में पहुंचते ही कहना, "विल, तुम्हारा एक दोस्त आया है।"

अन्त में मैं उसे विल के कमरे में ले गया। कप्तान एक कोने में ऊंघ रहा था। मैंने उसे पुकारकर, कहा, "विल, देखो तुम्हारा एक दोस्त आया है।"

यह सुनते ही कप्तान ने आंखें खोली और अन्धे को देखते ही उसके होश उड़ गए। अब उसने चौंककर उठने की कोशिश की, लेकिन उसके हाथ-पांव इस कदर फूल गए थे कि उससे उठते नहीं बना। इतने में अन्धा बोला, "खबरदार विल, उठने की ज़रूरत नहीं है। वहीं बैठे रहो। मेरे आंखें नहीं हैं, पर सुन सब लेता हूं। अगर तुम जरा भी हिले-डुले तो ठीक नहीं होगा। लाओ, अपना हाथ आगे बढ़ाओ।"

कप्तान ने अपना हाथ बढ़ा दिया। मैंने कप्तान का हाथ उसके हाथ में पकड़ा दिया। पलक मारते ही अन्धे ने एक काग़ज़ कप्तान की मुट्ठी में रख दिया और कहा, "बस हो गया।" इतना कहकर वह मेरा हाथ छोड़कर फौरन कमरे के बाहर हो गया और दौड़ता हुआ सराय से निकल गया।

वह अन्धा बेशक था, परन्तु उसकी अंदाज़ लगाने की शक्ति इतनी अच्छी थी कि जब वह एक बार किसी रास्ते से गुज़रता था, तो उसे रास्ते की पहचान हो जाती थी और फिर वह दौड़ता हुआ उधर से निकल सकता था। सड़क पर उसकी लाठी की खट-खट कुछ देर तक बराबर सुनाई देती रही थी।

थोड़ी देर हम दोनों चुप रहे। मैंने घबराहट में कप्तान का हाथ

पकड़ रखा था। जैसे ही मैंने उसका हाथ छोड़ा, उसने काग़ज़ खोलकर उसकी तरफ़ देखा और बड़बड़ाया, "दस बजे!...खैर, अभी छह घंटे की देर है। मैं उससे निपट लूंगा।"

वह उछलकर खड़ा हो गया, लेकिन बीमारी के कारण कमज़ोर इतना हो गया था कि लड़खड़ाकर फिर से बैठने की कोशिश करने लगा, लेकिन बैठ नहीं सका। अजीब तरह से कराहते हुए वह मुंह के बल ज़मीन पर गिर पड़ा। मैं चिल्ला कर उसके पास पहुंचा, लेकिन सब बेकार। पत्थर के फ़र्श पर गिरने से उसका सिर फट गया था और वह बेहोश हो गया था।

मुझे उसकी सारी बातें याद आ रही थी। वह मुझे अपनी आधी जायदाद देने वाला था, लेकिन वह तो सराय की उधारी नहीं चुका कर जा सका।

चार

कप्तान की मौत मेरे लिए सदमा थी।

मैंने अपनी मां से बता दिया कि अन्धे के आने के पहले कप्तान मुझे काला निशान की बात बता रहा था। वह डॉक्टर को बुलाकर अपना बयान भी देना चाहता था। कप्तान एक लंगड़े जहाज़ के खलासी के आने की शंका से डरा हुआ था।

मेरा पक्का विश्वास था कि कप्तान की हत्या हुई थी, मेरे देखते-देखते। मुझे इसलिए अपनी मां को यह सब बताना ज़रूरी लगा कि अब वही हत्यारा अन्धा बूढा अपने आदमी लाकर सराय में रखे कप्तान का सामान लूटने के साथ-साथ हमें भी तंग अवश्य करेगा।

कप्तान की तरफ़ हमारा बहुत-सा रुपया बाक़ी था। अब कप्तान तो वह सब चुकाने आएगा नहीं, अतः उसका वह सन्दूक हम ही क्यों न खोल डालें? यह मैंने अभी-अभी ही सोचा था। हो सकता है उसमें रुपए हों, लेकिन सन्दूक तोड़ने में देर हो सकती है, जबकि मुझे अपनी मां को लेकर फ़ौरन यहां से निकल पड़ना चाहिए। कप्तान की लाश उसके कमरे में पड़ी थी। हम लोगों ने पास के गांव वालों से मदद के लिए गुहार लगाने की सोची।

मैं मां के साथ सराय से बाहर निकला और फिर हम लोगों ने लगभग दौड़ लगाने जैसी स्थिति प्राप्त कर ली। कुछ ही देर में हमने पास के गांव में पहुंचकर दम लिया। हमने उन सबके सामने खुलकर

अपना दुखड़ा रोया। अपनी परेशानी और उनकी मदद की ज़रूरत बताई। हमने उनसे प्रार्थना की, "सब लोग मिलकर मदद करो, हमारी सराय की रक्षा का बंदोबस्त हो जाए और कप्तान का सन्दूक तोड़कर उसमें से हमारा उधार का पैसा चुकता कराओ। लेकिन अफसोस उस समय उनमें से कोई एक भी हमारे साथ चलने को तैयार नहीं हुआ।

मैंने मां को बता दिया था, कप्तान किसी फ़्लिंट का मददगार रह चुका था। और मां ने भी सन्दूक में फ़्लिंट के सामान एवं खज़ाने की संभावना बताते हुए, उसे खोलकर केवल उतना ही रुपया दिला देने की मदद चाही थी, पर पता चला कि सब लोग फ़्लिंट और उसकी लफंगा टोली की करतूतों को जानने के कारण ही बहाने बनाकर कन्नी काटते से लगे। कोई भी हमारी मदद करने के लिए सराय तक जाने को तैयार नहीं हुआ। बस, थोड़े से लोग हमारे साथ डॉक्टर के मकान तक जाने को तैयार हुए। उनको ऐसे डरा देखकर मेरी मां ने फिर गुहार लगाई, "इस बिना-बाप के लड़के की ओर देखकर भी तुम लोगों का मन नहीं पिघलता तुम लोग मदद नहीं कर सकते, धिक्कार है तुम्हारी मर्दानगी पर! तुम इनसान के नाम पर कलंक हो। मुझे अब मरने का डर नहीं, मैं खुद सन्दूक खोलूंगी।"

एक आदमी को डॉक्टर लिवेसे के यहां खबर देने को भेजकर मैं मां को लेकर सराय की तरफ़ वापस चल दिया। मैंने गांव के एक पहचान के आदमी से भरी हुई एक बन्दूक ले ली, ताकि अगर मरना ही पड़ा, तो किसी को मारकर मरूंगा। अब हम छिपते-छिपाते सराय पहुंच गए। रात हो आई थी। चारों ओर सन्नाटा फैला हुआ था। राहें सुनसान पड़ी हुई थी।

जब हम सराय में भीतर घुसे तो वहां अन्धेरा छाया हुआ था। रोशनी करता भी कौन! सराय में एकदम सन्नाटा पसरा था। आखरी

और अकेले यात्री कप्तान की लाश कमरे में पड़ी हुई थी। अन्दर जाते हुए अनजान-सा एक डर तो साथ लगा ही था, परन्तु विवशता भी तो थी। मां ने एक मोमबत्ती जलाकर रोशनी की ओर आदेश दिया, "सराय की खिड़कियां और दरवाज़े बन्द कर दो और इस सन्दूक की चाबी खोजो!"

मुझे दरवाज़े और खिड़कियां बन्द कर देने के बाद चाबी के लिए कप्तान की जेबें टटोलनी पड़ीं। मैंने उसके हाथ में वह काग़ज़ भी निकाल कर देखा, जो एक तरफ़ सफेद और दूसरी तरफ़ काला था। जिस तरफ़ सफेद था उस ओर इतना-सा लिखा था -'आज रात दस बजे।' काग़ज़ अलग फैंककर मैंने कप्तान की जेबों में फिर एक बार हाथ डाला। जेबों में सोने की कुछ मोहरें, कुछ धागे, एक कुतुबनुमा और एक छोटी-सी डिबिया तो मिली, पर चाबी नहीं थी।

मां बोली, "गले में भी देखो, कोई धागा पहना हुआ है या नहीं। शायद वहां मिले।"

उसके कपड़ों के भीतर हाथ डालकर टटोलने पर डोर से बंधी एक चाबी मिली। मैंने खुशी प्रकट करते हुए कहा, "मिल गई।" फिर हम लोगों ने उसे सन्दूक के ताले से मिलाया। वह सन्दूक की ही चाबी निकली। साफ था कि कप्तान इसे अपने साथ कई देशों में ले गया था।

सन्दूक का ताला बहुत पुराना था और बुरी तरह ज़ंग खाया हुआ था। लगता था, उसे बहुत दिनों से खोला भी नहीं गया था। बहुत कोशिश करने पर ताला खुला। ढक्कन खोलते ही उसमें से तम्बाकू का धस्का उड़ा। हम खांसते-खांसते बेदम हो गए। कुछ देर में चैन पाकर हमने उसमें फिर हाथ डाला। अन्दर कपड़ों का एक जोड़ा मिला और उसके नीचे कई चीज़ें थीं, जिनमें दो रिवाल्वर, चांदी का एक

बड़ा-सा टुकड़ा, स्पेन की एक पुरानी घड़ी, सोने के कुछ गहने तथा तम्बाकू की दो पत्तियां मिलीं। इनके अलावा नीचे जहाज़ियों के पहनने लायक एक पोशाक भी थी। जिसमें काग़ज़ों का एक बंडल भी मिला। उनमें से एक पर नक्शा भी बना हुआ था। पोशाक की जेब में सोने की ढेर सारी मोहरे भी भरी थीं।

सामान देखकर मेरी मां उत्साहित नहीं हुई। दुख-सा प्रकट करते हुए वह बोली, ''यह शायद कोई बदमाश लुटेरा भी रहा होगा, हम लोग इसके इस लूट के माल में से केवल उतना ही धन लेंगे, जितना हमारा इस पर वाजिब है। बाक़ी इसमें ही रख देंगे।'' और मां हिसाब लगाने लगी।

मां को हिसाब लगाने में देर लग गई, फिर सन्दूक के सिक्कों को भी गिनना था। उन्हें अलग-अलग करना था, क्योंकि वे कई देशों में चलने वाले थे। तभी मुझे ठक-ठक की आवाज़ सुनाई दी। मैंने मां से कहा, ''बस, अब इसे यहीं रहने दो और भाग लो। अन्धा और उसमें आदमी यहां पहुंचने ही वाले हैं। दरवाज़े पर बराबर लकड़ी परखाए जाने की आवाज़ धीमी होती चली गई। शायद वह लौट गया था, या फिर अपने कुछ और साथियों के आने की प्रतीक्षा करने लगा हो। मैंने मां से कहा, ''खतरा अभी टला नहीं है। अब यहां अधिक देर रहना हो नहीं सकेगा। चलें, इस कप्तान का यह धन लेकर हम कहीं निकल चलें। हम लोग यहां सुरक्षित नहीं हैं। सराय के दरवाज़े भी मज़बूत नहीं हैं और यहां हम अकेले ही तो हैं। वे आएंगे।''

इतने में कुछ दूर पर एक सीटी की दबी हुई-सी आवाज़ सुनाई दी। अब तक हम नीचे आ चुके थे और दरवाज़ा खोलकर धीरे-धीरे से बाहर निकल आए।

मेरे हाथों में कप्तान का झोला था, जिसमें थोड़ा-बहुत धन भरा

था। हम लोग तेज़ चाल से चल रहे थे। सराय हमसे दूर होती जा रही थी, जबकि वे लोग सराय की ओर बढ़ते जा रहे थे। अचानक उनमें से एक आदमी उनसे छिटककर मशाल लेकर हमारा पीछा करने लगा। उसे देख मां भयभीत होकर मुझसे बोली, "बेटा तू यह झोला लेकर निकल जा। मुझसे अब दौड़ते नहीं बन रहा है। मैं मारी भी जाऊं, तो चिन्ता नहीं, तू अपनी जान बचा ले। जा, बेटा!"

मैंने मां की आंखों में गहरी ममता देखी। उसे छोड़कर जाने का मेरा इरादा बदल गया। यूं भी इतने लोगों के बीच से भाग निकलना मेरे लिए आसान नहीं था। मैं मां को लेकर झाड़ी के पीछे गया और उन लोगों पर नज़रे रखे रहा।

पांच

कुछ ही समय बाद दौड़ते हुए कुछ आदमी वहां आ गए। उनमें से तीन आदमी एक-दूसरे का हाथ पकड़कर दौड़ रहे थे। आवाज़ से मुझे लगा कि इनमें एक वही अन्धा है, जिसने कप्तान के हाथ में काला काग़ज़ थमाया था। अन्धे ने उन्हें आदेश दिया, ''सराय का कोई एक दरवाज़ा तोड़ डालो।''

दो आदमी दरवज़े तक गए, लेकिन सराय का दरवाज़ा खुला पाकर वे सोचने लगे कि अन्धे को बताएं या नहीं। तब तक दूसरे कई आदमी भी वहां पहुंच गए। अन्धा क्रोध से उबाल खा रहा था। वह अपने साथियों को डांटता जा रहा था, ''तुम लोगों ने टालमटोल करके सारा खेल नष्ट कर दिया। सारा माल हाथ से निकल गया। जाओ, अन्दर जाकर तो देखो, शायद कुछ मिल ही जाए।''

दो आदमी अन्धे के पास रहे, शेष भीतर चले गए। जो लोग भीतर गए थे, उन्होंने चिल्लाकर सूचना दी, ''विल तो मर गया है।

अन्धे ने बाहर से ही हुक्म दिया, ''उसकी तलाशी लो और लोहे का एक सन्दूक भी वहीं कहीं रखा होगा, उसे लेते आओ।''

कप्तान के कमरे में खिड़की थोड़ी देर बाद फिर खुली और एक आदमी खिड़की से बाहर झांककर बोला, ''लगता है, किसी ने सन्दूक खोला था, लेकिन उसमें काफ़ी मोहरें अभी भी बची हुई है और थोड़े से गहने भी हैं।''

"और नक़्शा...!" अन्धा चीख़कर बोला, "मोहरों और गहनों की गिनती छोड़ो, नक़्शा खोजो, बच्चों, नक्शा। असली ख़ज़ाना तो फ़्लिंट के उस नक़्शे में ही है। हमें फ़्लिंट का नक़्शा चाहिए!"

"लेकिन सन्दूक में कोई नक़्शा नहीं है।" उत्तर मिला।

"क्या कहा, नक़्शा नहीं है, कहां गया नक़्शा? लगता है वही छोकरा ले गया। बहुत होशियार है वह। अभी थोड़ी देर पहले ही तो वे लोग यहां आए थे। जब मैं आया था, तो यह दरवाज़ा बन्द था। मैंने दरवाज़ा खोलने की कोशिश भी की थी, पर दरवाज़ा खुल नहीं सका था। अब तुम लोग ज़रा चारों तरफ़ फैल जाओ और उस छोकरे को खोजो। किसी तरह उसे पकड़ना ही होगा। नक़्शा उसी के पास मिलेगा।...और देखो, मकान में आग लगा दो।"

अन्धे का आदेश मानकर वे हमें खोजने के लिए इधर-उधर चल पड़े। जो लोग मकान में रह गए थे, वे तोड़-फोड़ में लग गए। थोड़ी देर में ही मकान में से धुआं उठने लगा था।

हम झाड़ी के पीछे छिपे बैठे थे।

इतने में हमें झाड़ी के पास ही सीटी की आवाज़ सुनाई दी। शायद उन्होंने हमारी भनक पा ली थी। हम दोनों फिर से भागने लगे। हमें लगा कि यह सीटी अन्धे ने ही अपने आदमियों को जमा करने के लिए बजाई होगी, लेकिन बाद में पता चला कि यह सीटी उन्होंने नहीं बजाई थी, क्योंकि अन्धे या उसके किसी आदमी को हमने घबराई आवाज़ में कहते सुना था, "अरे, यह तो डाक की सीटी मालूम होती है! यह दूसरी मुसीबत आ गई, भागो!"

यह सुनकर अन्धा घबरा तो गया, पर निराश नहीं हुआ। अपने साथी को डांटते हुए बोला, "भागने से क्या हो जाएगा? यहां क्या भाग जाने के लिए आए थे? कायर कहीं के! डाक से इतना डरने

की ज़रूरत क्या है? तुम उस लड़के और उसकी मां को खोजने की कोशिश करो। जल्दी।"

और वे फिर हमारी खोज में लग तो गए, पर उनके चेहरों से लग रहा था कि वे बुरी तरह घबरा रहे थे। और मौक़ा मिलते ही भाग जाने की प्रतीक्षा में ही थे। इतने में फिर अन्धे ने इनमें फूंक भरी और कहा, "घबराओ मत, उन लोगों को खोजना जारी रखना है। नक़्शा उस छोकरे के ही पास मिलेगा। नक़्शा मिल जाए तो हमें बहुत सारा धन मिल सकता है। अगर मेरी आंखें होतीं तो मैं अब तक उन्हें पकड़ भी लेता। तुम सब निकम्मे हो।"

अचानक टीले की तरफ़ से घोड़ों के दौड़ने की आवाज़ें आने लगीं। साथ ही किसी ने बन्दूक भी दाग दी। यह सुनकर लुटेरे भाग खड़े हुए। अन्धा अकेला रह गया। वह भी घबरा कर एक ओर को दौड़ा, लेकिन एक भारी पत्थर से टकराया और गिर पड़ा। उसने परेशान होकर अपने साथियों को ही पुकारना शुरू कर दिया, "अरे, जॉनी! ओ ब्लैक डॉग! कहां भाग गए भइया! मुझे अन्धे को क्या यूं भटकने के लिए छोड़ जाओगे? अरे, अहसानफ़रामोशो कोई तो आकर मेरा हाथ पकड़ कर ले चलो!"

लेकिन इतने में घुड़सवार ही आ गए। अंधेरे में घोड़े दौड़ाते हुए उन्हें यह नहीं दीखा कि अन्धा वहां ज़मीन पर गिरा पड़ा है। वे उसके ऊपर से ही घोड़ों को निकाल कर ले गए। एक के बाद एक घोड़ा उसके ऊपर से दौड़ता हुआ निकल गया। अन्धा पहले तो चीख़ा, फिर शान्त हो गया।

कुछ देर में हम घुड़सवारों द्वारा खोज लिए गए थे। उन घुड़सवारों का नेता हमारे पास आकर घोड़े से उतरा, तो उसने पहचाना, वह पुलिस का दरोग़ा मिस्टर डेन्स था। उसके पीछे पास वाले गांव का वह आदमी था, जिसे हमने डॉक्टर के पास ख़बर करने के लिए भेजा

था। साथ में कई सिपाही थे। उनके साथ लौटकर हम फिर गांव में आए। मां बहुत डर गई थी। गांव में ही किसी के घर ठहराकर मैं दरोग़ा को साथ लेकर सराय में लौटा सराय धू-धू कर जल रही थी। लुटेरे कप्तान का धन लेकर चले गए थे। दरोग़ा बोला, "जिम, ये लोग तो धन लेकर चले गए, लेकिन तुम बता रहे थे...क्या खोज रहे थे, वे कोई...?"

मैंने कहा, "हां, रुपये तो गए, लेकिन उन्हें जिस चीज़ की खोज थी, वह उन्हें कैसे मिलती, वह तो मेरे पास है। उसे मैं किसी ऐसे आदमी को सौपूंगा, जो उसकी सुरक्षा कर सके!..."

"वह आदमी मैं हो सकता हूं?" दरोग़ा ने पूछा।

"तुम भी हो सकते हो, लेकिन क्या डॉक्टर या पुलिस कप्तान तुम्हारे लिए सहमत हो जाएंगे?" मैंने सवाल दाग़ दिया, "फिर तुम्हें तो अभी यह भी पता नहीं कि वह है क्या? और उसके लिए कितने-कितने चोर-लफंगे आपस में मर-खप चुके हैं। मैं वह चीज़ डॉक्टर को ही सौपूंगा, वह मैजिस्ट्रेट भी है। क्यों ठीक रहेगा न?"

"हां, दारोग़ा अचकचाया, "यही ठीक रहेगा। चलो, मुझे उन्हें अन्धे के मरने की ख़बर भी तो देनी होगी। मैंने उसे जान-बूझकर नहीं मर जाने दिया, बल्कि वह अंधेरे में घोड़ों की टापों का शिकार हो गया, पर डॉक्टर को एक गवाह की ज़रूरत पड़े, तो तुम यह काम करना।"

एक सिपाही के घोड़े पर सवार होकर मैं दरोग़ा के साथ-साथ डॉक्टर के यहां पहुंचा। डॉक्टर के घर पर उनके मित्र और रईस ट्रिलोनी भी थे। डॉक्टर ने मुझे पुलिस के साथ देखा, तो पूछा, "क्या बात है? आख़िर क्या हुआ?"

दरोग़ा एक सांस में सारी बात बता गया। डॉक्टर सब कुछ

सुनकर बोला, "तुम दोनों मां-बेटों ने बड़ी हिम्मत से काम लिया। अच्छा जिम, जिस चीज़ को लुटेरे खोज रहे थे, वह तुम्हारे पास है न?"

मैंने गोला लपेटा हुआ काग़ज़ डॉक्टर के हाथ में थमा दिया। डॉक्टर ने काग़ज़ खोलकर पढ़ा और फिर अपने मित्र ट्रिलोनी से पूछा, "ट्रिलोनी, तुमने फ़्लिंट का नाम सुना है?"

ट्रिलोनी गांव का अमीर था और बड़ा बहादुर भी था। वह बोला, "हां-हां, उसका नाम सुनकर तो लोगों के छक्के छूट जाया करते थे।"

डॉक्टर ने कहा, "उसके पास बहुत से क़ीमती हीरे-जवाहरात थे। उन्हें उसने किसी अनजान स्थान पर छिपाकर रख दिया था। यह उसी स्थान का नक़्शा है और इसे ही लूटने के लिए लुटेरे इधर का रुख़ करने लगे। पहले कप्तान और अब यह अन्धा दो जने इसके लिए ही अपनी जानें गंवा चुके हैं। मुझे इसी से उस जगह का पता लग जाएगा, जहां फिलंट का ख़ज़ाना छिपा है?"

मैंने कहा, "नक़्शे के साथ दो चीज़ और भी तो हैं। यह देखिए, एक डायरी और इस काग़ज़ पर एक मोहर लगी है।"

डॉक्टर ने देखा, डायरी बहुत घसीट अक्षरों में लिखी हुई थी। कई जगह कुछ निशान भी बने हुए थे, जिन्हें समझना मुश्किल था। शायद वह फ़्लिंट के हिसाब-किताब की डायरी थी। वह नक़्शा एक टापू का मालूम होता था, जो शायद नौ मील लम्बा और पांच मील चौड़ा था। उस नक़्शे में कई पहाड़ और छोटे-बड़े सागरों के नाम लिखे हुए थे। टापू तक पहुंचने का मार्ग भी दिखाया गया था। टापू के दोनों ओर दो बन्दगाह थे। बीच में एक बड़ा पहाड़ था, जिसका नाम शायद 'स्पाई ग्लास' था। इस पहाड़ के ऊपरी भाग में लाल स्याही से तीर की तरह निशान बने हुए थे। उनमें से एक निशान के पास बहुत बारीक अक्षरों में लिखा था, "छिपा हुआ ख़ज़ाना।'

पास ही लिखा था, 'पहाड़ पर सबसे ऊंचे पेड़ के पास।''

नक़्शा पाकर सब लोग बहुत खुश थे।

ट्रिलोनी ने डॉक्टर से चुटकी ली, ''लिवेसे, तुम अब यह डॉक्टरी पेशा छोड़ो, इसमें आमदनी ही क्या है? कल मैं ब्रिस्टल जाता हूं। एक महीने में ही एक अच्छा-सा जहाज़ और कुछ चुने हुए ख़लासियों को जुटा लेने से हमारा अभियान पर निकलना आसान हो जाएगा। जिम को हम लोग साथ रखेंगे, तुम जहाज के डॉक्टर और मैं कप्तान होंगे, अब कोई टालमटोल करना नहीं है। जैसे भी हो उस टापू का पता लगाना पड़ेगा। और हां, ध्यान रहे, यह अभियान गुप्त रखना है।''

छः

ट्रिलोनी ने ब्रिस्टल जाकर एक हल्का-सा जहाज़ ख़रीद लिया, ''हिसपेनिओला', जो हल्केपन के कारण आसानी से चलाया जा सकता था। उसने उसे यात्रा के लिए ज़रूरी सभी सामानों से भरपूर भी करा डाला। इसके बाद उसने अपनी सारी करतूतों का चिट्ठा डॉक्टर को लिख भेजा कि वह मुझे बता दे कि यात्रा पर उनके साथ मुझे भी चलना पड़ेगा, तो मैं अपनी मां को इस सारी योजना की सूचना दे दूं। उसने यह भी ख़बर दी कि यात्रा पर जाने के लिए उसे और भी कुछ जहाज़ी साथ लेने होंगे। अतः उसने एक बूढ़े ख़लासी से भी पहचान बना ली, वह जहाज़ी एक पैर से लंगड़ा था, पर उसमें काफ़ी हिम्मत व ताकत थी। उसकी तैनाती जहाज़ पर रसोइए के रूप में उसने कर भी डाली। शेष ख़लासियों की भर्ती उसी की पसन्द से कर ली गई। उसका नाम लॉग जॉन सिलवर है।

ट्रिलोनी ने यह भी लिखा कि इन सब ख़लासियों को जहाज़ पर काम करने का पुराना अनुभव है। उसकी चिट्ठी पाकर डॉक्टर ने मुझे सब बातें बताईं मेरी प्रसन्नता का कोई ठिकाना नहीं था। मैंने अपनी मां से इस साहस से भरे अभियान पर जाने के लिए आज्ञा ले ली। ट्रिलोनी की प्रतीक्षा करने के बजाय हम खुद ब्रिस्टल पहुंच गए। ट्रिलोनी हमें देखकर खिल उठा और बोला, ''वाह, तुम दोनों स्वयं यहां आ पहुंचे! चलो, यह ठीक ही हुआ। सारी तैयारी हो चुकी

है। हम अब कल सवेरे ही यात्रा पर निकल सकते हैं।''

दूसरे दिन भोजन के बाद ट्रिलोनी ने मुझे एक काग़ज़ थमाया और कहा, ''लो यह काग़ज़ जाकर सिलवर को देना है। वह तुम्हारे साथ चला आएगा। तुम अब देर मत करो, अभी चल दो। उसे पहचानने में तुम्हें कोई कठिनाई नहीं होगी। उसका एक पैर कटा हुआ है और वह दूरबीन वाली सराय में होगा। इसी सड़क पर सीधे जाकर आगे तुम्हें एक सराय के बाहर दूरबीन टंगी दिखाई देगी। उस सराय में तुम जिससे भी उसका नाम पूछ लोगे, वही बता देगा। उसका नाम तुम जानते ही हो कि लॉग-जॉन सिलवर है।''

मैं फ़ौरन चल दिया। सराय के भीतर पहुंचकर मैंने देखा कि वहां भारी भीड़ जमा थी। और बैठे हुए सभी लोग ज़ोर-ज़ोर से बतिया रहे थे। अन्दर जाकर सबसे पहले मेरी नज़र जिस आदमी पर पड़ी मैं उसे फ़ौरन पहचान गया, क्योंकि उसका एक पैर कटा हुआ था। और वह बैसाखी के सहारे चलता था। मैं समझ गया कि यही वह आदमी था, जिसकी खोज-खबर रखने के लिए कप्तान ने मुझे एक रुपया माहवार पर तैनात किया था। और मैं तब जहां भी कहीं जाता, तो लोगों के पैरों पर ही सबसे पहले नज़र डाला करता था।

सराय में उसे एकदम इतने क़रीब पाकर पहले तो मुझे थोड़ा सा डर भी लगा, पर आख़िरकार हिम्मत करके मैंने उससे पूछ ही लिया, ''क्या तुम्हारा ही नाम जॉन सिलवर है?''

उसने बड़ी नर्मी से जवाब दिया, ''हां बेटा, मेरा ही नाम जॉन सिलवर है! लेकिन तुम कौन हो और कहां से आए हो? क्या तुम्हारे पास मेरे लिए कोई समाचार है? वह किसका है?''

मैंने ट्रिलोनी का दिया काग़ज़ उसे थमा दिया।

काग़ज़ पढ़कर वह मेरी पीठ थपथपाते हुए बोला, ''अच्छा, तो तुम जिम हो। लो, यह अच्छा हुआ कि तुमसे मिलना हो गया, ट्रिलोनी

तुम्हारे बारे में बड़ी बातें करता था।'' इतने में एक आदमी उधर से गुज़रा जिसे देखकर मैं चौंक पड़ा। उसके हाथ की उंगलियां कटी हुई थीं। मैं जान गया कि वह ब्लैक डॉग है।

मैंने ब्लैक डॉग को पहचान लिया।

उसे वहां देखकर मुझे अचंभा हुआ, जिसे मैं दबा नहीं सका और मेरे मुंह से अचानक निकला, ''ब्लैक डॉग!''

मेरे मुंह से ब्लैक डॉग का नाम सुनकर सिलवर भी हैरान रह गया। उसने फौरन पूछा, ''तुम कैसे जानते हो कि यही ब्लैक डॉग है?''

मैं ख़ुश होकर बताने लगा, ''भला मैं इसे कैसे नहीं पहचानूंगा। मैं इसे अपनी सराय में देख चुका हूं। यह वहां उस कप्तान विल से मिलने गया था। मैं तो उस अन्धे को भी पहचानता हूं, जिसके कारण विल चल बसा। ये सारे समुद्री डाकू ही तो हैं। क्या सचमुच ट्रिलोनी ने तुम्हें इनके बारे में कुछ नहीं बताया या तुम जान-बूझकर अनजान बनने की कोशिश कर रहे हो?''

तभी मैंने देखा, मेरी बात सुनकर वहां बैठे लोगों में सनसनी सी फैल गई और वे एक-एक करके वहां से बाहर खिसकने लगे। इसका ऐसा परिणाम होगा, यह अन्दाज़ा मुझे नहीं था। थोड़ी देर में सिलवर कपड़े बदलकर मेरे साथ हो लिया।

जब हम दोनों ट्रिलोनी के पास पहुंचे, तो वह यात्रा की सारी तैयारी किए बैठा हमारा ही इन्तज़ार कर रहा था। हमें देखकर वह उठ खड़ा हुआ और बोला, ''सीधे जहाज़ की ओर ही चलो, हमें आज ही यहां से निकलना पड़ेगा।''

हम लोग बन्दरगाह पहुंचकर सीधे जहाज पर जा चढ़े।

जहाज़ में ऐरो नाम के एक बूढ़े ख़लासी ने हमारा स्वागत किया। वह अनुभवी जहाज़ी था और काफ़ी बूढ़ा हो चुका था, पर उसकी

यात्रा की ललक अभी भी कम नहीं हुई थी। इसलिए वह जब-तब किसी-न-किसी के साथ कहीं भी निकल पड़ता था। उसने अपने कानों में पीतल की बालियां पहन रखी थी और वह ट्रिलोनी का सबसे प्यारा ख़लासी था।

हम लोग भीतर बैठे हुए थे। तभी जहाज़ का कप्तान स्मोलेट आकार थोड़े क्रुद्ध स्वर में ट्रिलोनी से बोला, "श्रीमान आप भले ही मेरी बात नापसंद करें, मगर मुझे जो कहना है, वह कहे बिना मैं न रहूंगा। तुम्हारे ये खलासी मुझे पसन्द नहीं आ रहे हैं...।"

ट्रिलोनी को उसका शिकायती लहजा पसन्द नहीं आया और वह फटकार भरे अन्दाज में कहने लगा, "तुम क्या कहना चाहते हो? तुम्हें यह जहाज़ भी पसन्द नहीं और शायद मैं भी पसन्द नहीं हूं, जिसने जहाज़ ख़रीदकर तुम्हें इसका कप्तान बना दिया।"

डॉक्टर लिवेसे ने बचाव किया, "हम आराम से बात करें, इस तरह आरोप लगाने से मनों में दूरी बढ़ती जाएगी और समस्या खड़ी जाएगी। इससे यह तो जान लो कि ये ख़लासी इसे पसन्द क्यों नहीं है?"

कप्तान बोला, "ट्रिलोनी साहब, का अनुमान सही है। असल में मुझे तो ये ख़लासी ही क्यों, जहाज़ की हरेक चीज़ नापसन्द है। यहां का सब कुछ अजीब-अजीब-सा है। मुझे शुरू में बताया गया था कि ट्रिलोनी साहब जैसे बताएं, वैसे जहाज़ ले चलना है। कहां और किसलिए जा रहा है मुझे कुछ पता नहीं, पर मैंने सुना है कि आप लोगों का यह दल किसी छिपे हुए ख़ज़ाने को खोजने के मकसद से निकला है। ख़जाना खोज लेना कोई आसान काम है क्या? लेकिन हैरानी इस बात की है कि मुझे अंधेरे में रखकर जहाज़ के इन ख़लासियों को भरोसे में लिया गया। इन लोगों को सब पता है, लेकिन सब कोई मुझसे छिपाता है। आप जानते नहीं कि इस तरह आप कितना

बड़ा ख़तरा मोल ले रहे हैं!...''

डॉक्टर लिवेसे ने बात ख़त्म करने के ग़रज़ से कहा, ''ख़तरा मोल लेने के लिए तो हम निकले ही हैं, लेकिन ख़लासियों से तुम्हें क्या नाराज़गी है? क्या ये लोग अपना काम नहीं जानते?''

''नहीं, काम के बारे में मुझे कोई खास शिकायत नहीं है। मेरी परेशानी इस बात की है कि जहाज़ पर काम-काज के नियम-क़ायदों में काफ़ी ढील डाल दी गई है, जिससे अनुशासन की धज्जियां उड़ा दी गई है। इन खलासियों का चौधरी...उनके साथ जाने क्या-क्या योजनाएं बनाता रहता है। जहाज़ पर गोला-बारूद और हथियार रखने के लिए तय स्थान होने के बावजूद शस्त्रागार नियम के बाहर बना लिया गया है। ये लोग अपने काम से अधिक ख़जाने की बात करते रहते हैं। वे कहते हैं कि आपके पास ख़ज़ाने का नक़्शा है, और आप उस टापू की ओर ही जहाज को ले जा रहे हैं, जहां ख़ज़ाना छिपाया हुआ है।''

इस बात पर ट्रिलोनी बिदक गया और बोला, ''इस बात को मैं गुप्त रखना चाहता था, लेकिन डॉक्टर इन लोगों को यह बता किसने दिया?''

कप्तान बोला, ''अब इस पर झगड़े से कुछ हल निकलने वाला नहीं है। इतना मान लीजिए कि यह सब ठीक नहीं हुआ। यह बात इन लोगों से गुप्त रखी जानी चाहिए थी। कम-से-कम किनारा छोड़ने तक तो किसी को अभियान की भनक ही नहीं लगनी चाहिए थी। सिवाय मुखिया और कप्तान के किसी भी दूसरे को इन बातों का पता चलना दुश्मन को अपने पास अपनी छतरी में पनाह देना माना जाता है। चलिए, आगे सावधानी रखिए यह ठीक है कि अभी किसी को मालूम नहीं कि नक़्शा किसके पास है?''

डॉक्टर बोला, ''तुम्हारा मतलब है, हमें हर बात गोपनीय रखनी

होगी और 'जहाज' पर एक हथियारबन्द टुकड़ी मौजूद होनी चाहिए, जिससे अगर जहाज़ पर कोई झगड़ा-टंटा उठ खड़ा हो, तो वह हमारी मदद करे...।"

"हां, आगे आपको किसी बात के लिए मजबूर करने का मुझे अधिकार नहीं है, लेकिन चूंकि मैं इस जहाज़ का कप्तान हूं और इसलिए हर आदमी की जान की रक्षा करने की ज़िम्मेदारी से बरी नहीं हूं। मैं चाहूंगा कि आप अपनी बात को सिर्फ़ मेरे सामने रखा करें।"

सात

कप्तान के आदेशानुसार जहाज़ पर पूरा इन्तज़ाम कर लिया गया और हमारा जहाज़ उस छिपे हुए ख़ज़ाने को खोजने के अभियान में चल पड़ा। जब जहाज़ ने बन्दरगाह छोड़ा, तो हमारी खुशी की सीमा नहीं रही।

जहाज़ के रसोई घर की सारी व्यवस्था जॉन सिलवर पर छोड़ दी गई थी। सब लोग सिलवर का बड़ा आदर करते थे। उसका ढंग सबको खुश रखने का था। मुझे तो वह बहुत ही चाहता था। ट्रिलोनी और जहाज़ के कप्तान में अच्छी तालमेल नहीं बैठ सकी।

जहाज़ आगे बढ़ता जा रहा था।

यात्रा करते हुए हमें दो दिन गुज़र चुके थे। हम लोग अजनबी टापू के निकट होते चले जा रहे थे। बहुत मुमकिन था कि अगली सुबह तक हमारा जहाज वहां पहुंच ही जाता। हमारे मन में भीतर ही भीतर उत्साह था।

एक बार मैं जहाज़ का चक्कर लगाकर अपनी, कोठरी में पहुंचा, तो मुझे लगा, पास वाली कोठरी में कोई झगड़ा चल रहा है। मैंने ध्यान लगा कर सुना, सिलवर कह रहा था, ''नहीं, नहीं, तुम मानते क्यों नहीं, सचमुच मैं नहीं था। फ़्लिंट ही उस जहाज़ का कप्तान था। कप्तान विल उनका सहायक था। मैं तो एक मामूली-सा ख़लासी

था। उसी-जहाज़ पर मेरा पैर कटा था और उसकी आंखें गई थीं।"

कोई दूसरा कह रहा था, "फ़्लिंट जैसा दिलेर इन्सान मैंने आज तक नहीं देखा। वह ग़जब का आदमी था!..."

"हां...और डेविस?" सिलवर ने कहा, "वह क्या कम दिलेर था? मैं दोनों के साथ रहा हूं। दोनों के साथ कितने ही जहाज़ों की लूट में मैं हिस्सा लेता रहा, फ़्लिंट ने बहुत धन बना लिया था। उसने अपना सारा धन इधर-उधर टापुओं में छिपाकर रखा हुआ था। हमारे जहाज़ पर फ़्लिंट से लोग बहुत डरा करते थे और कुछ बुड्ढे से भी डरते थे, मगर मैं उन दोनों से डरता नहीं था। उलटे वे दोनों मुझसे घबराया करते थे।"

यह सब सुनकर मैं घबरा गया। साफ़ ज़ाहिर था कि ये सब जहाज़ी पक्के लुटेरे थे और कप्तान की आशंका भी सही थी। इतने में मैंने फिर सिलवर की ही आवाज़ सुनी। वह कह रहा था, "देखो, इस जहाज़ का कप्तान स्मोलेट बहुत चालाक मालूम होता है। उस पर बराबर नज़र रखना, मगर उसकी नज़र में मत चढ़ जाना। फ़्लिंट का नक़्शा तो हम लोगों को मिल नहीं सकता, लेकिन टापू पर पहुंच जाने के बाद पहले हमें इन्हीं लोगों से निपटना होगा और इनसे छुट्टी पा लेने के बाद...ख़ैर, उसके पहले ही अगर वह नक़्शा हमें मिल जाए तो...।"

यह सुनकर मेरी छाती धड़कने लगी। मैं बुरी तरह घबरा गया था। ये लोग तो हमारी सारी मेहनत पर पानी फेरना चाहते हैं। इन्होंने मौक़े पर हम लोगों को छल से मार देने की पूरी योजना बना रखी थी। इतने में कोई आदमी चीख़ा, "ज़मीन दिखाई दे रही है!"

जहाज़ के डेक पर चहल-पहल शुरू हो गई। लोग इधर-से-उधर दौड़ भाग कर रहे थे। सभी दूर से टापू की शक्ल देखने को बेचैन

थे। मैं भी निकल कर डेक पर पहुंच गया। वहां सारे लोग इकट्ठे हो चुके थे। मैं डॉक्टर के पास जा खड़ा हुआ।

सामने एक पहाड़ दिख रहा था। उसके पीछे दो-तीन और पहाड़ भी दिख रहे थे।

कप्तान बोला, "अच्छा रहे अगर हम दक्षिणी किनारे पर लंगर डालें। वहां भी शायद कोई छोटा-सा टापू है। वहीं जहाज़ सुरक्षित भी रहेगा।"

सिलवर बोल पड़ा, "उस टापू पर किसी ज़माने में समुद्री डाकुओं का अड्डा था और उसका नाम स्केलेटेन है। उधर जो पहाड़ है, उसका नाम फोरमास्ट है। दक्षिण की तरफ़ भी तीन पहाड़ हैं, जिनमें बीच का पहाड़ सबसे ऊंचा है। कभी-कभी उसकी चोटी बादलों में गुम हो जाती है। उस पहाड़ का नाम है, स्पाईग्लास।

"मेरे पास भी एक पुराना नक़्शा है। मैं भी देखूं कि हम ठीक जगह आए या नहीं।" कप्तान बोला।

कप्तान ने नक़्शा निकालकर वहीं सबके सामने फैला दिया। सिलवर और उसके साथियों की आंखें चमक उठीं। वे एकटक उसी की ओर देखने लगे, लेकिन इस नक़्शे में ऐसा कुछ नहीं था, जिससे लगे कि यह वही नक़्शा है, जो कप्तान विल के सन्दूक में से निकला था। वह उस नक़्शे की नकल थी। इसमें सब कुछ वैसा ही बना हुआ था, सिलवर जल्दी ही परेशान नज़र आने लगा। उसने एक बार फिर नक़्शे को देखा और कप्तान की बात की पुष्टि की, "हां, हम लोग ठीक जगह आ पहुंचे हैं। हमने कोई भूल नहीं की है।"

कप्तान ने कहा, "अच्छा ठीक है, सब लोग अपने-अपने काम पर चलें। जब ज़रूरत समझूंगा हांक लगवा लूंगा...चलो, काम में जुट जाओ।

सिलवर और उसके साथी वहां से खिसक गए। सिलवर ही मेरे

पास आया। मुझे उसके सामने न जाने क्यों डर लगता रहता था। शायद इसलिए कि मैं उसके ख़तरनाक इरादे की असलियत जान चुका था, पर मैं अपने मन के डर को उसके सामने प्रकट नहीं होने देता था। सिलवर को यह भी मालूम नहीं हो सका था कि मैंने छिपकर उसकी सारी बातें सुन ली थीं। मेरे पास आ कर वह बोला, ''जिम, वह बहुत सुन्दर टापू है। तुम देखोगे तो तुम्हें यह बहुत अच्छा लगेगा। यहां तुम्हारे खेलने के लिए जगह की कोई कमी नहीं है। तुम चाहो तो तैरो या पेड़ों पर चढ़ो, तुम्हारा दिन-भर यहां और काम ही क्या रहेगा, मैं तुम्हें अपनी बन्दूक, दे दूंगा। जब तुम्हारी इच्छा हो शिकार खेल लिया करना। इस टापू को देखकर मुझे अपना बचपन याद आ रहा है। यहां आकर मैं यह भी भूल चुका हूं कि मेरा एक पैर कटा हुआ है और मैं लंगड़ा हूं।''

फिर मेरी पीठ थपथपाकर वह चला गया। मैं डॉक्टर लिवेसे के पास पहुंचा और उसे सारी बात बताई कि ये लोग असल में कौन हैं, और इनके इरादे क्या हैं, पर डॉक्टर ने मेरी बात उड़ा दी। कहने लगा, ''नहीं, तुम्हें ज़रूर कोई धोखा हो गया है। सिलवर ऐसा आदमी नहीं है!''

तभी कप्तान वहां पहुंचा और कहने लगा, ''नहीं, डॉक्टर साहब, आप अभी सिलवर को पहचान नहीं पाए हैं। थोड़े ही समय में आपका सारा भ्रम दूर हो जाने वाला है। अभी तो कोई डर नहीं है। जब तक ख़ज़ाना हाथ नहीं आता और नक़्शा इनके पास नहीं पहुंच जाता, तब तक समझिए ख़तरा मंडराते हुए भी डरने की ज़रूरत नहीं होगी। पर बाद में तो जान को संकट में पड़ी समझना। ख़ज़ाना मिलते ही लड़ाइयां शुरू होंगी और होती रहेंगी।''

डॉक्टर ने कहा, ''देखा जाएगा, लेकिन एक बात साफ़ है, जिम

से हमारा बहुत काम निकलेगा, क्योंकि ये सब लोग उसके मुरीद हैं और उसके साथ खुलकर बात करते रहते हैं, फिर यह लड़का है भी समझदार। हमारे भरोसे का है।"

डॉक्टर की बात सुनकर मैं बहुत घबराया। मुझे लगा कि सचमुच जहाज़ पर कोई लड़ाई होगी।

आठ

हमारा जहाज़ टापू की ओर बढ़ रहा था। सब लोग काम छोड़-छोड़कर टापू की ओर देख रहे थे। कोई किसी का कहना मानने को तैयार नहीं था। कप्तान ने नक़्शा निकाला। लंगर डालने की जगह का निर्णय लिया और एक छोटे से टापू के पास लंगर डालने का हुक्म दे दिया।

बड़ा टापू कुछ ही क़दम दूर था। कप्तान ने हम लोगों से कहा, "जाओ, तुम लोग जाकर टापू को थोड़ा बहुत देखो-भालो। कई दिन में ज़मीन देखने को मिली है। जब सूरज डूबने लगेगा, मैं बन्दूक से फ़ायर करके इशारा कर दूंगा, मतलब तुम लोग वापस जहाज़ पर लौट आना।"

सिलवर ने अपने छह साथियों को जहाज़ पर छोड़ा और बाक़ी लोगों को लेकर टापू पर निकल गया। मैं भी यह सोच कर उनके साथ चल दिया कि इन लोगों के साथ रहकर मुझे इनका विश्वास जीतने का मौक़ा मिलेगा।

जहाज़ किनारे से आधा मील दूर समुद्र में खड़ा था। हम लोग तीन-चार छोटी किश्तियों में सवार हुए और किनारे की ओर चल दिए। मैं एक हलकी नाव में सवार था। इसलिए वही नाव किनारे पर सबसे पहले पहुंची। किनारे पर पहुंचते ही मैं उछलता-कूदता आगे बढ़ गया और जंगल में घूमने निकल गया।

मैं धीरे-धीरे सिलवर और उसके साथियों की नज़र से काफ़ी

आगे निकल गया। वे अपनी ख़तरनाक योजनाएं बनाते-बनाते मेरी मौजूदगी को एक दम भूल गए। उन्हें ध्यान ही नहीं रहा कि जब वे जहाज़ पर से चले थे, मैं उनके साथ था।

उस टापू पर मुझे किसी आदमी के रहने का कोई निशान नहीं मिला। मैं और आगे बढ़ता चला गया। ऐसा घना पेड़ और लताओं तथा पक्षियों से भरा जंगल पहले मैंने कभी देखा ही नहीं था।

मैं बढ़ता गया। एकाएक मेरे कानों में किसी आदमी के बोलने से हुआ शोर सुनाई दिया। मैं चौंका और डरकर अपने आपको एक झाड़ी के पीछे छिपा लिया। क्या देखता हूं कि एक आदमी सिलवर से अपनी नाराज़गी प्रकट कर रहा था। उसका नाम टॉम था। मैंने सुना, टॉम क्रोध में उबलता दांत पीसते हुए सिलवर से कह रहा था, "तुमने एलिन की हत्या क्यों की? क्या यह हत्या इतनी ज़रूरी हो गई थी। तुम्हें उससे क्या कुछ ख़तरा पैदा हो गया था, जो उसे मारना ज़रूरी समझा। सुनो, सिलवर मैं बहुत दिन से तुमसे दोस्ती निभाता आ रहा हूं, पर तुम मेरे लिए असह्य हो चले हो। अब मैं तुम्हारा दोस्त नहीं रहा हूं। आज तुमने एलिन की हत्या की। इसी तरह एक दिन तुम मुझे भी मार डालोगे। तुम्हारा कोई दीन-धर्म नहीं। तुम्हारा विश्वास अब मुझे नहीं रहा। जाओ अपनी राह लगो। आज से हमारे सारे क़रार ख़त्म हुए।"

यह कहकर टॉम जहाज़ की ओर लौट पड़ा। इतने में मैंने क्या देखा कि सिलवर ने एक पेड़ की डाल काटी और उसे छीलकर एक लाठी-सी बना ली, फिर उसने दौड़कर टॉम की पीठ पर ज़ोर से लाठी दे मारी। टॉम चीख़ा और ज़मीन पर गिर पड़ा। उसके उठने के पहले ही सिलवर ने अपने छुरे से उसका पेट फाड़ डाला। टॉम थोड़ी देर तड़पकर वही ठंडा हो गया।

टॉम को मार कर सिलवर ने वहीं ज़मीन पर घास से रगड़कर

अपना छुरा साफ किया और फिर जेबों में हाथ डालकर उसकी लाश को घूरते रहने के बाद वह ज़ोर से हंसा, फिर सीटी निकालकर बजाई। उसने सीटी क्यों बजाई, क्या अन्य लोगों को बुला लेने के लिए? मेरी समझ में नहीं आया। जहाज़ से चलते समय वह छह आदमियों के साथ था। उसके बाक़ी साथी कहां गए, टॉम और एलिन को न पाकर क्या सोचेंगे? मेरी कुछ समझ में नहीं आया। मुझे डर लगने लगा। मैं दबे पांव झाड़ियों के पीछे होता हुआ जहाज़ की ओर चल पड़ा।

इतने में जहाज़ से बन्दूक चलाकर लौट आने का संकेत दिया जा चुका था। अतः मैं जहाज़ की ओर चला ज़रूर, फिर एकाएक ठहर गया।

सिलवर ने एलिन को मार, टॉम को मेरे सामने ही मारा, पता नहीं यहां जंगल में शक हो जाने पर मुझे भी मार डालें। जहाज़ पर भी इन जैसे लोगों के साथ में मेरा बचना कठिन ही रहेगा। सोचते हुए मेरी चाल धीमी हो गई। अतः एक दम ख़्याल आया क्यों न मैं जहाज़ पर जाऊं ही नहीं और यहां जंगल में ही रह जाऊं।

नौ

मुझे अब यह तो याद नहीं आ रहा है कि उस समय वहां जहाज़ पर न जाकर पहाड़ की तलहटी में बैठा मैं क्या सोच रहा था, पर यह ज़रूर याद है कि तभी पहाड़ से एक बड़ा भारी पत्थर लुढ़कता हुआ नीचे आया। मैं चौंककर उसकी सीध से हट गया। फिर मैंने ऊपर नज़र उठाई, तो सिहर गया। डर के मारे मेरे प्राण सूख गए। एक अजीब-सा आदमी की तरह का जानवर उछलता-कूदता पहाड़ पर से मेरी ओर दौड़ा चला आ रहा था। उसे देखकर मेरे मुंह से चीख़ निकल गई।

जब वह थोड़ा पास आया, तो मैंने पाया, उसकी शक्ल-सूरत आदमी जैसी थी, पर हाव-भाव से वह आदमी से ज़्यादा रीझ या बन्दर मालूम पड़ रहा था। उसके बाल लम्बे-लम्बे थे। अब मैं अजीब उलझन में था। सामने वह डरावना जानवर खड़ा था और पीछे सिलवर था और उसके साथी थे। मौत दोनों तरफ़ थी, लेकिन फिर भी मुझे जानवर की अपेक्षा आदमी का डर अधिकतर सता रहा था। अजीब-सा जानवर कभी दो पैरों पर खड़ा होकर और कभी हाथ-पैरों के बल दौड़ते हुए मेरी ओर लगातार बढ़ता आ रहा था, मुझे ख्याल आया, मेरे हाथ में बन्दूक है। बस, फिर क्या था, मैंने बन्दूक उसकी तरफ़ तान ही तो दी।

मुझे बन्दूक तानते देख उसकी रफ़्तार को जैसे ब्रेक लग गया। एकाएक वह ज़मीन पर झुक गया और इस प्रकार दया भरी आंखों से मुझे देखने लगा, मानो प्राणों की भीख मांग रहा हो। मैंने उससे पूछा, ''तुम कौन हो?''

उसने बहुत मोटी और डरावनी आवाज़ में उत्तर दिया, ''मैं भी तुम्हारी तरह इन्सान था। मुसीबत का मारा हूं। तीन साल पहले इस टापू पर साथियों की साज़िश का शिकार होकर इधर रह जाने से अब अकेले जीवन गुज़ारते हुए मेरी यह दशा हो गई है। वैसे मेरा नाम बेनगन है।''

मैंने उससे पूछा, ''तीन साल से तुम इस टापू पर क्या कर रहे हो? क्या तुम किसी जहाज़ के डूब जाने पर यहां रुक गए थे?''

वह बोला, ''नहीं, असल में मुझे ज़बरदस्ती इस टापू पर छोड़ा गया था। किसी तरह मैं तीन साल से यहां मिलने वाले फल-फूल या जानवरों का मांस खाकर ज़िन्दा हूं, लेकिन अब ये चीज़ें मुझे अच्छी नहीं लगती। कभी-कभी मुझे उस भोजन की याद आती है, जो मैं अपने घर पर खाया करता था। क्या तुम्हारे पास बिस्किट या केक जैसी कोई चीज़ है?''

मैं बोला, ''नहीं, इस समय तो मेरे पास ऐसी कोई चीज़ नहीं है। अगर मैं जहाज़ पर चला जाऊं, तो वहीं से तुम्हारे लिए कुछ-न-कुछ ज़रूर ले आऊंगा।''

''तुम्हारा नाम क्या है?''

''मेरा नाम...जिम है।''

बेनगन ने इधर-उधर नज़र दौड़ाई और फिर धीमे से कहा, ''जिम, मैं एक ज़माने में बहुत पैसे वाला था। मेरे पास बहुत बड़ा ख़ज़ाना था।''

फिर थोड़ी देर तक वह चुपचाप मेरी दशा देखता रहा। कुछ समय बाद फिर उसने मेरा हाथ पकड़ कर पूछा, "अच्छा, सच बताना तुम कहीं फ़्लिंट के जहाज़ के आदमी तो नहीं हो?"

"नहीं, फ़्लिंट तो बहुत पहले मर चुका है। मैं उसके जहाज़ का आदमी नहीं हूं, लेकिन उसके दल के कुछ आदमी मेरे जहाज़ पर भी हैं। वे लोग इस समय इसी टापू पर घूमने आए हैं।"

यह जानकर बेनगन का चेहरा उतर गया। उसने घबरा कर पूछा, "क्या उनमें एक लंगड़ा आदमी भी है, जिसका नाम जॉन सिलवर है? क्या तुम जानते हो उसे?"

"सिलवर ?...हां, मैं उसे जानता हूं। वह जहाज़ पर रसोई का काम करता है और वही उन सबका सरदार मालूम पड़ता है।"

बेनगन ने अपना मुंह मेरे कान के पास लाकर कहा, "जिम, क्या तुम जानते हो इस समय तुम कहां आ पहुंचे हो? और बताओ, तुम यहां तक पहुंचे कैसे?"

मैंने सोचा कि इस आदमी से कुछ छिपा कर रखना बेक़ार है शायद यह कुछ मददगार साबित हो, इसलिए मैंने सारी बातें सच-सच बता दी। साथ ही मैंने यह भी बता दिया कि उस जहाज़ में कुल कितने आदमी हैं। उसने मेरी बातें ध्यान से सुनी। अन्त में बोला, "जिम, तुम बड़े भले इन्सान मालूम पड़ते हो और तुम्हारी बातों से पता चलता है कि उन लोगों में झगड़ा-टंटा फैला है, लेकिन तुम मुझ पर विश्वास कर सकते हो। मेरी सच्चाई तुम्हें आख़िर में पता भी चल जाएगी। मेरी बात सुनो, फ़्लिंट जब अपना ख़ज़ाना लेकर यहां पहुंचा, तब मैं उसके जहाज़ पर काम करता था। वे लोग छह ख़लासियों को लेकर इस टापू पर उतरे थे। हम बाक़ी लोग जहाज़ पर ही रह गए। सात दिन बाद हमने देखा, जब फ़्लिंट अकेला ही नाव में बैठकर

जहाज़ पर पहुंचा, उसके साथ और कोई नहीं था। फ़्लिंट ने अपने साथ के सभी आदमियों को इस टापू पर मार डाला था। कैसे मारा, यह कौन जान सकता था। उसने अकेले ही छह को कैसे निबटाया, किसी को पता नहीं।''

कुछ देर चुप रहकर बेनगन फिर बोला, ''जहाज़ पर विल और सिलवर ने फ़्लिंट से पूछा, ''तुमने हीरे और मोतियों को किस जगह छिपाया है?''

''फ़्लिंट ने कहा, ''अगर तुम देखना चाहते हो, तो टापू पर जाकर देख लो, लेकिन मैं यहां से फौरन जाना चाहता हूं। मैं तुम्हारी किसी की राह नहीं देखूंगा और चल दूंगा।''

''कोई भी टापू पर नहीं उतरा। इसके बाद मैं दूसरी टोलियों में रहकर जब कभी इधर से गुज़रा मैंने साथियों से हर बार यह कहा कि इस टापू पर फ़्लिंट का ख़ज़ाना छिपा है। चलो, हम लोग मिलकर खोज लें। लोगों को कभी मेरा यकीन नहीं हुआ। हर बार वे इसे एक रोचक कहानी समझ कर सुन लेते, लेकिन एक बार जहाज़ का कप्तान मेरी बात मानकर यहां रुक गया। हम लोगों ने जी तोड़ कर सारा टापू छान मारा, मगर हमें ख़ज़ाने का कोई सुराग नहीं मिला। सारे साथी मुझसे चिढ़ गए, क्योंकि उन सबको मैंने ही यहां रुकने को उकसाया था। गुस्से में आकर वे लोग मुझे अकेला ही इस टापू पर छोड़कर चले गए। जाते-जाते मुझे एक बन्दूक और एक कुदाल देते गए। मैं तबसे इस टापू पर पड़ा हूं।''

फिर हंसकर मेरा हाथ पकड़ते हुए उसने कहा, ''बेटा तुम अपने आदमियों को सारी बात बता देना। उनसे यह भी बता देना कि बेनगन बड़ा ईमानदार आदमी है। उसका भरोसा करें। उसके साथ रहने से उन लोगों को कोई दिक़्क़त नहीं होगी।''

लेकिन मैं अब जहाज़ पर कैसे लौटूंगा? मेरी समझ में कुछ नहीं आ रहा था। मैं बोला, ''मेरे सारे साथी लौट गए। अब जहाज़ पर मेरा लौट सकना सम्भव नहीं है।''

वह बोला, ''तुम डरो नहीं, मेरे पास एक छोटी-सी नाव है। उसे मैंने छिपा रखा है। वह हलकी है और मैंने खुद उसे बनाया था। ज़रा और अंधेरा हो जाने दो, तो हम लोग उसी पर बैठकर जहाज़ पर चलेंगे।''

इस बीच जहाज़ से बन्दूक़ छूटने की आवाज़ आई। यह सुनकर बेनगन चौंका, ''यह क्या हो रहा है?''

मैंने बताया, ''लगता है, वे लोग आपस में लड़ रहे हैं। आओ, तुम मेरे साथ चलो।''

मैं बेनगन को लेकर जहाज़ की ओर चला। जहाज़ से रह-रह कर बन्दूकें छूटने की आवाज़ें आ रही थीं। कुछ दूर और चलने पर हमने देखा कि हमसे कुछ दूर पर एक पेड़ पर यूनियन जैक लहरा रहा है।

उस झंडे को देखकर बेनगन खड़ा हो गया और झंडे की ओर इशारा करते हुए बोला, ''यह झंडा है न, हो सकता है, तुम्हारे साथी वहीं ठहरे हों।''

मैं बोला, ''क्या पता वे मेरे साथी हैं या दुश्मन? मेरे साथ के लोग तो जहाज़ पर होंगे।''

बेनगन बोला, ''नहीं, मेरा ख़्याल है वे तुम्हारे साथी होंगे। हो सकता है, सिलवर किसी नाव में बचकर भाग भी गया हो, क्योंकि लड़ाई में वह ठहरने वाला आदमी नहीं है। जीतने के बाद तुम्हारे साथियों ने उस पेड़ के पास, जो एक बाड़ेनुमा क़िला बना है, वहां शरण ली होगी। यह क़िला बहुत पहले फ़्लिंट और उसके साथी लुटेरों ने ही बनाया था।''

मैंने देखा, सचमुच उस पेड़ के पास एक बड़ा-सा बाड़ा दिखाई दे रहा था, जिसे बेनगन क़िला बता रहा था। जैसे जंगल में गडरिए जंगली जानवरों से अपने बाड़े की रक्षा के लिए लकड़ी के लट्ठे काट-काटकर बराबर-बराबर गाड़ कर गोलबन्दी कर लिया करते हैं, ठीक उसी तरह इस क़िले का निर्माण कर लिया गया था।

मैं बोला, "ठीक है, मैं एक बार उधर जाकर देखता हूं कि क्या बात है?"

बेनगन ने बड़ी नर्मी से याद दिलाया, "लेकिन जाकर मेरी बात मत भूल जाना। मेरे लिए खाना ज़रूर लेते आना। सचमुच मैं तीन वर्ष से आदमियों के भोजन का स्वाद ही भूला हुआ हूं। तुम रोटी, केक आदि लेकर आना। मैं तुमसे वहीं मिलूंगा, जहां सुबह मुलाक़ात हुई थी। अगर तुम न आओ, तो किसी दूसरे को वहां पहाड़ की तलहटी में खाना लेकर भेज देना। अच्छा, अब तुम जाओ, मैं भी चलता हूं।"

उसी समय फिर से बन्दूक चलने की आवाज़ हुई और दूसरे ही क्षण एक गोली सनसनाती हुई इधर आई। एक के बाद एक कई गोलियां छूटने की आवाजें आने लगीं। हम दोनों घबराकर इधर-उधर भागे। थोड़ी दूर में ही हम किनारे पर पहुंच गए। जहाज़ अपनी पहली जगह पर ही खड़ा था। उस पर लुटेरों का झंडा फहरा रहा था। कुछ देर मैं किनारे पर खड़ा रहा।

इतने में मैंने देखा कि क़िले में से कुछ लोग बाहर आए और बालू पर उस नाव को घसीटने लगे, जिस पर बैठकर हम लोग किनारे पर आए थे। वे सब किनारे की ओर लौट रहे थे।

अब मैं हिम्मत करके किनारे की ओर दौड़ा। थोड़ी ही देर में मैं क़िले के पास था। डॉक्टर लिवेसे उस समय क़िले के बाहर ही खड़े थे। मुझे देखकर वे खुश हो गए, "तुम कहां चले गए थे जिम? हम लोगों ने सोच लिया था कि शायद लुटेरों ने तुम्हें मार डाला हो

या फिर तुम जंगल में भटक गए हो। यह तो अच्छा हुआ कि तुम स्वयं लौट आए, परन्तु यह तो बताओ कि तुम रहे कहां?

मैंने डॉक्टर को सारा क़िस्सा कह सुनाया।

डॉक्टर ने भी बताया कि किस तरह लुटेरों ने जहाज़ में झगड़ा कर दिया और जहाज़ छीन लिया। इस लड़ाई में एक आदमी मारा गया और घायल तो कई हुए। क़िला ही अब हमारी बचाव की जगह है।

मैं क़िले में भीतर दाखिल हुआ। लोग काम पर लगे हुए थे।

पहली टुकड़ी में मैं, ग्रे नामक एक ख़लासी और डॉक्टर थे, दूसरी में ट्रिलोनी और जायस तथा हंटले ख़लासी। हम लोग बुरी तरह थके थे, पर कप्तान हमें आराम नहीं करने दे रहा था। दो आदमी बाहर लकड़ियां लाने गए और डॉक्टर खाना बनाने का जुगाड़ करने लगा।

डॉक्टर चूल्हा नहीं जला पा रहे थे। दरवाज़े पर खड़े-खड़े उन्होंने मुझसे बात करनी शुरू की, "जिम, यह तो बताओ, तुम्हारी बेनगन से क्या बात हुई थी? वह कैसा आदमी है?"

मैंने कहा, "अभी तो कुछ बताना मुश्किल है, लेकिन थोड़ा सनकी-सा ज़रूर लगता है।"

डॉक्टर बोला, "ठीक है, जो आदमी तीन बरस तक आदमियों की संगत से अलग रहा हो, हर समय मुसीबत में रहकर जंगल में घूमा या भटका हो, उसका दिमाग़ भला ठिकाने पर रहेगा। उसकी याददाश्त अभी उसका साथ दे रही है, यही क्या कम है। तुम कह रहे थे कि वह खाने को केक, बिस्किट, मक्खन मांग रहा था?"

"हां और पनीर भी।"

"अच्छी बात है, हम लोग उसके खाने का इन्तज़ाम करेंगे। देखते हैं, वह हमारी क्या मदद कर सकता हैं?"

शाम को टॉम की लाश बालू में दफ़ना दी गई।

क़िले में लकड़ियां जमा करने का अभियान ज़ोरों से चल रहा था। कप्तान चाहता था कि किसी तरह हम लोग इतनी तैयारी कर लें कि लुटेरों से जम कर लोहा ले सकें और उन्हें काबू में कर लें।

इतने में ख़बर मिली कि लुटेरों ने सफ़ेद झंडा फहराया है पहरेदार चिल्लाया, "सफेद झंडा...सफेद हटा!..."

थोड़ी ही देर में सिलवर किले के बाहर खड़ा होकर कप्तान को आवाज़ दे रहा था और समझौते की बात रख रहा था।

दस

समझौते की बात लाने वाले दो आदमी थे। एक क़िले के बाहर एक ओर खड़ा होकर बार-बार सफ़ेद झंडा लहरा रहा था। दूसरा सिलवर खुद था, जो क़िले की दीवार के बहुत पास तक आ गया था।

कप्तान ने हमें सावधान रहने का हुक्म दिया और फिर उसने चिल्लाकर अपना मक़्सद बताने के लिए कहा, ‘‘कौन... तुम्हारे आने का क्या मतलब है? बोलो, सही जवाब दो, नहीं तो तुम हमारी बन्दूक़ों के निशाने पर आ चुके हो।’’

‘‘ऐसी नादानी मत करना, हम लोग आपस में समझौते का प्रस्ताव लेकर आए हैं, जो हम दोनों के लिए सही होगा।’’

लेकिन कप्तान ने ज़रूरी समझा कि जवाब देने के पहले अपनी पूरी तैयारी कर ली जाए। सम्भव है कि लुटेरे इस बीच हमला ही कर दें। क़िले में मौजूद सब लोग टुकड़ियों में बांट डाले गए और टुकड़ियां क़िले के अलग-अलग भागों में तैनात कर दी गईं। मुझे पूरब और ग्रे को पश्चिम की तरफ़ नज़र रखने को खड़ा कर दिया गया। डॉक्टर को बन्दूक़ थमा कर वह उसे उत्तर की दिशा में अपने साथ रखे हुए था। अब वह सिलवर से बात करने को तैयार था।

‘‘असल बात बताओ, तुम्हारी मर्ज़ी क्या है?’’

अब सिलवर स्वयं आगे बढ़कर बोला, ‘‘बात यह है कि इन लोगों ने मुझे अपना कप्तान बनाया है। तुम लोग तो जहाज़ छोड़कर

चले आए, लेकिन जहाज़ को तो कप्तान की ज़रूरत होती है। इसलिए मुझे इन लोगों ने चुना। ख़ैर, अब तुम मेरी बात सुन लो, हम लोग समझौता करना चाहते हैं। अब हम लोग तुम्हारी कप्तानी मानेंगे और तुम्हारे आदेशानुसार सारे काम करेंगे, मगर इसके लिए यह भी ज़रूरी है कि तुम्हें हमारी एक शर्त माननी होगी। तुममें से कोई एक आदमी बाहर आकर बात कर ले, तो मैं सारी बात बताऊं!"

मगर कप्तान ने टका-सा जवाब दे दिया। समझौता करने की ज़रूरत उन्होंने समझी, परन्तु फिर भी अपनी ही शर्त मनवाने की जिद थी, अभी इनमें घमंड है। अतः कोई पक्का भरोसा नहीं। समझौता चल नहीं पाएगा। कप्तान कड़कदार आवाज़ में बोला, "वाह, क्या कहने, हम तुमसे बात करने को ही राजी नहीं, तो तुम्हारी सुनने के लिए तुम्हारे पास क्यों आएं? हमें बाहर आने क्या पड़ी है?"

"तो फिर मुझे भीतर आने दो, वहां बात कर लेंगे।" सिलवर बोला।

"खबरदार! अगर तुमने चालबाज़ी करने की कोशिश की तो हम तुम्हें गोली से उड़ा देंगे।"

"तुम भी खूब हो कप्तान, धोखा मैं क्यों करूंगा भला? अच्छा, तो मैं आ रहा हूं।" सिलवर बिना डरे क़िले के निकट आ गया।

"नहीं अन्दर आने की ज़रूरत नहीं, तुम खड़े नहीं रह सकते, तो बैठ जाओ।"

सिलवर मुस्करा कर बोला, "तुम बहुत बुरे हो कप्तान, ऐसी ठंड में मैं बाहर बैठ जाऊं! जानते हो कि मैं लंगड़ा हूं, फिर भी मुझे अन्दर नहीं आने दे रहे हो?"

"तुमने हमारा भरोसा खो दिया है, सिलवर, बाहर से ही बात करो।" कप्तान ने बेरुखी से कहा।

सिलवर बाहर बालू पर ही बैठ गया।

"खैर अगर तुम यही चाहते हो, तो यही सही। तुम लोगों ने हमें छोड़कर अच्छा नहीं किया। कल रात हमारे लोगों ने जहाज़ पर मुश्किल से काटी है। हम सब साथ चले और यहां आकर दुश्मनी पर उतर आए। तुम लोग तो यहां मज़े में हो। हम तुमसे समझौता करने आए हैं।" फिर क़िले की ओर इधर-उधर देखते हुए वह बोला, "डॉक्टर कहीं दिखाई नहीं दिए, उन्हें मेरा नमस्कार बोलना।"

कप्तान ने उसे डांटते हुए कहा, "बातों में वक्त बर्बाद मत करो सिलवर, अभी तक तुम्हारे पत्ते तुम्हारी ही जेब में है। जरा बताओ तो बात क्या है?"

सिलवर बोला, "बात तुमसे छिपी कहां है कप्तान, हम लोगों की इच्छा ख़ज़ाना पाने की है। वह तो हम लोगों को खोजना ही है। हम चाहते हैं कि इस काम में हम आपस में सहयोग करें। हम तुम्हारी सुरक्षा का पूरा भरोसा देते हैं, लेकिन तुम लोग सीधे से वह नक़्शा हमें सौंप दो। हमारे बिना तुम उस ख़ज़ाने को कभी नहीं पा सकोगे। हम तुम्हें यहां से सकुशल तुम्हारे घर लौट जाने देंगे। वह नक़्शा है न तुम्हारे पास?"

कप्तान ने कहा, "नक़्शा नहीं मिल सकता, हमारी जान भी जाए, तो भी नहीं। यह मत सोचना हम तुम्हारी धमकियों से डर जाएंगे। हमें तुम्हारी परवाह नहीं।"

सिलवर कुछ देर तक सोचते हुए बैठा रहा फिर बोला, "देखो, तुम्हें फिर एक बार कहता हूं कि नक़्शा मुझे दे दो। इसी में तुम्हारी भलाई है। ख़ज़ाना प्राप्त हो जाने पर तुम्हें उसमें से थोड़ा हिस्सा भी मिल सकेगा। तुम उस नक़्शे से खुद कभी ख़ज़ाना नहीं खोज पाओगे।"

"अधिक मत बोलो। कह दिया, नक़्शा तुम्हें नहीं मिलेगा। रही ख़ज़ाना पाने की बात, वह बाद में देखा जाएगा। अगर तुम चाहो,

तो हम तुम्हारी जान बख्श देंगे और तुम्हें सही सलामत इंग्लैंड पहुंचा जाने दिया जाएगा," कप्तान ने थोड़ा ठहरकर कहा, "तुम शायद मुझे अपने जैसा समुद्री डाकू समझे हुए हो। तुम्हें मालूम नहीं कि मैं कौन हूं! मैं सरकारी जहाज़ का पुराना कप्तान हूं और ब्रिटेन की नौसेना से अभी मेरा संबंध है। मैं सरकारी वर्दी छोड़कर सादे वेश में इन द्वीपों का जायजा लेने निकला था। यहां आकर तुम लोगों की मक्कारी ने मुझे दूसरा मक़सद दे दिया। अब मैं तुम सरीखे लुटेरे जहाज़ियों का सफ़ाया कराऊंगा।"

सिलवर थोड़ी देर चुप रहा, मगर भीतर-ही-भीतर गुस्से से उबल रहा था। वह बोला, "तो तुम लड़ाई पर आमादा हो। थोड़ी देर में तुम्हारा घमंड दूर कर दिया जाएगा। इस क़िले में बैठकर तुम समझ रहे हो कि तुम बचे रह पाओगे। तुम्हारी ज़िद के कारण अब तुम पछता भी तो नहीं पाओगे, मर जाओगे।" वह बड़बड़ाता हुआ वहां से लौट गया।

कप्तान ने हम सब लोगों को सावधान किया, "जल्दी ही हम पर अब लुटेरे हमला करेंगे। सब लोग बन्दूक़ें तैयार रखकर अपनी-अपनी जगह चौकन्ने रहो। मेरे इनकार पर वे लड़े बिना नहीं मानेंगे। हम लोग संख्या में कम हैं, पर हम किले में हैं और वे बाहर खुले में होंगे। हम उन पर आसानी से निशाना साध सकते हैं। डॉक्टर तुम चारों तरफ़ नज़र रखते हुए दरवाज़े पर चौकसी करो। ट्रिलोनी, तुम्हारा निशाना बड़ा अच्छा होता है। तैयार हो जाओ। ये लोग उत्तर की ओर से हमला करेंगे। जिम, हम दोनों बन्दूक़ों में बारूद भरने का काम करेंगे, क्योंकि हम बन्दूक़ चलाने में कच्चे हैं।

इस तरह हमारी क़िलेबन्दी पूरी हो गई। सब लोग अपनी-अपनी जगह तैयार खड़े थे। बारूद और गोलियां पर्याप्त मात्रा में रख ली गई थीं। कप्तान बोला, "ज्यों ही कोई दिखाई दे गोली मार देना।"

एक घंटा बीत गया।

थोड़ी देर बाद गोली दाग़ने की आवाज़ आई। दुश्मन इकट्ठा होकर आए थे। हमने भी गोली चलाकर जवाब दिया। दोनों ओर से खूब गोलाबारी शुरू हुई। डॉक्टर की गोली से दुश्मन के दो-तीन आदमी घायल हुए। कुछ ट्रिलोनी के घायल किए। उधर के हताहतों की संख्या का तो पता नहीं, परन्तु हमारे दो आदमी मरे और कप्तान घायल हुए।

बाद में पता चला, दुश्मन के पांच आदमी मारे गए।

दुश्मनों में भगदड़ मच गई। हम लोग रात-भर चौकसी करते रहे। दूसरे दिन डॉक्टर लिवेसे कमर में तलवार बांधकर और हाथ में पिस्तौल लिए जंगल की तरह चल दिए। उन्हें जाते देखकर ग्रे को आश्चर्य हुआ। वह बोला, "डॉक्टर साहब, क्या अकेले ही दुश्मनों से लोहा लेने जा रहे हो?"

"नहीं, मैं भी उनके पीछे-पीछे जा रहा हूं!"

किसी ने मेरी बात को गंभीरता से नहीं लिया। मैं जानता था, संभव है डॉक्टर बेनगन से मिलने चले हैं। मैंने भी जेब में उसके लिए कुछ खाने का सामान रखा और सबकी नज़र बचाकर क़िले से बाहर निकल आया। मेरे साथ भरी हुई बन्दूक़ भी थी।

बाहर आकर मैं झाड़ियों और पेड़ों के पीछे छिपता-छिपता तेज़ क़दमों से पहाड़ की ओर चल दिया, जहां पहले दिन बेनगन से मेरी भेट हुई थी। मुझे पता था, यहीं कहीं बेनगन ने अपनी नाव छिपाई हुई है। पहाड़ के निकट जाने पर मेरी निगाह एक गुफ़ा पर गई। मैं उसमें घुस गया। अन्दर बेनगन की नाव रखी हुई थी। वह सममुच बड़ी हलकी थी। उसे ठीक से चलाना मुझे बड़ा कठिन लग रहा था। मैं उसे दाईं ओर को करता, तो वह बाईं तरफ़ को हो जाती और बाएं, को करता तो दाएं घूम जाती। बड़ी कठिनाई से मैं जहाज़ तक

पहुंचा। रात एकदम अन्धेरी थी। जहाज़ में से कोई नहीं दिखाई दे रहा था। सिर्फ़ दो एक आदमियों के बोलने-बतलाने की आवाज़ें आ रही थीं। पास पहुंचने पर बात साफ हुई। वे लोग एक-दूसरे को डांट-डपट रहे थे, गालियां बक रहे थे।

मौक़े का सदुपयोग करने के लिए मैंने लंगर को काटना शुरू कर दिया। डर और घबराहट मुझ पर हावी हो चली थी, पर मैंने लंगर की रस्सी काट ही डाली, जिससे जहाज़ आजाद होकर बहने लगा। मेरी नाव जहाज़ के पीछे-पीछे थी। वह भी उसी के साथ बहने लगी। मैंने बहुत कोशिश की, परन्तु मेरी नाव रुक नहीं पाई, बहती ही रही। मैं अपने को संकट में पाने लगा।

जहाज़ धीरे-धीरे गहरे समुंदर की ओर बढ़ता रहा। मुझे डर लगने लगा। अब मेरा क्या बनेगा? इतने विशाल समुंदर में इस हलकी छोटी नाव से कितना बचा रह पाऊंगा।

मैंने जहाज़ की तरफ़ देखा और सोचा, अब नाव छोड़कर मुझे इस जहाज़ पर ही चढ़ जाना चाहिए, फिर जो होगा सो देखा जाएगा। रस्सी लटक ही रही थी। मैं धीरे-धीरे नाव को और अधिक निकट ले गया और फिर रस्सी पकड़ कर जहाज़ पर चढ़ गया।

जहाज़ पर चढ़ने पर दूसरा ही नज़ारा सामने आया। एक कोने में तीन-चार आदमी मरे हुए पड़े थे। वे आपस में लड़े थे।

जहाज़ चलता चला जा रहा था। थोड़ी देर बाद वह टापू के किनारे पर निकलती हुई चट्टान से जा टकराया। मैंने ईश्वर को धन्यवाद दिया और फ़ौरन आंखें मूंदकर चट्टान पर कूद गया। किनारे पर पहुंचकर मैं क़िले की तरफ़ भागने लगा।

क़िले के सामने पहुंचकर मेरा दिल एक अनजाने डर से कांप गया। क़िले में बिल्कुल अंधेरा था। मैंने दरवाज़े से भीतर घुसने की कोशिश की। इतने में मेरा पांव किसी के पांव से टकराया। मैं डर

गया, यह किसका पांव होगा, मेरी समझ में नहीं आया, लेकिन तभी एक तोता ज़ोर से चीख़ने लगा। ओह तो यह बात है। यह सिलवर का तोता यहां कैसे आ गया? मैं तेज़ी से पलटकर भागा, लेकिन सिलवर के आदमियों ने दौड़कर मुझे पकड़ लिया।

दुश्मनों ने क़िले पर कब्ज़ा कर लिया था। मेरे साथी शायद क़िला छोड़कर और कहीं चले गए हों या मार दिए गए हों, क्या पता? मैं बेहोश होता जा रहा था।

ग्यारह

मुझे जब होश आया तो मैंने मशाल के उजाले में देखा कि मैं क़िले में था और वहां चारों ओर सिलवर के लोग ही इकट्ठे थे, मेरे लोगों में से कोई भी नहीं था। मुझे चिन्ता हुई, पता नहीं उनका क्या हुआ, वे जिन्दा हैं या मार डाले गए, या कहां गए? क़िले पर इनका कब्ज़ा हो चुका था, जहाज़ के सम्बन्ध में मैं जानता ही था, फिर वे लोग अगर जिन्दा होंगे, तो कहां होंगे?

सिलवर ने भांप लिया था कि मैंने आंखे खोल कर इधर-उधर का जायज़ा लिया था। वह बोला, "होश में आ गए जिम? जब पहले-पहल मैंने तुम्हें देखा था सराय में, मैं तभी समझ गया कि तुम बहुत चालाक हो। मैंने देखा कि मेरे विरोधी लोग भी तुम्हारे मुरीद हैं, मगर मैं भी गुण देखता हूं। तुम मेरे लिए भी बहुत काम के साबित हो सकते हो। मैं जानता हूं कि तुम्हारी हमदर्दी मेरे उन विरोधियों के साथ रही है, फिर भी मैं चाहता हूं कि तुम मेरे साथ रहो। वैसे भी अब तुम्हें मेरे साथ रहना ही होगा, क्योंकि तुम्हारे दल के लोग अब तुम्हें रखने को तैयार नहीं होंगे। तुम मेरे साथ रहो। इस तरफ़ भी तुम्हारे आराम का पूरा ख़्याल रखा जाएगा।

उसकी बातें सुनकर मुझे इतनी तसल्ली तो हो ही गई कि वे लोग अभी मारे नहीं गए हैं, वे जिन्दा हैं, लेकिन सिलवर का यक़ीन कुछ नहीं था। वह कभी भी कुछ कर सकता है।

सिलवर बताने लगा, "कल सवेरे डॉक्टर लिवेसे सफ़ेद झंडे के साथ हमारे साथ समझौते का प्रस्ताव लेकर आए थे। उन्होंने देखा, जहाज़ अपनी जगह पर नहीं है। हम लोग उस समय क़िले पर हमला करने की तैयारी कर रहे थे। उन्होंने सोचा, जहाज़ ग़ायब हो गया, तो हम लोग वापस इंग्लैंड कैसे लौटेंगे? इसलिए पहले जहाज़ खोजा जाना चाहिए। हम नहीं माने, वे जहाज़ खोजने चले गए। हमने क़िले पर क़ब्ज़ा कर लिया। हो सकता है, जहाज़ उनके हाथ आ जाए, मगर तब उस स्थिति में वे हमें जहाज़ पर पैर भी नहीं रखने देंगे।

"इस तरह क़िला तो हाथ आ गया, पर उनका कोई पता नहीं है कि वे कहां गए हैं। उन्होंने तुम्हारा इन्तज़ार नहीं किया। जाते-जाते कहते गए, जिम का कोई पता नहीं है। वैसे अब उसकी ज़रूरत भी नहीं रही है। वह जहां चाहे रहे।"

मैं बोला, "सिलवर, मैं तुम्हारा साथ नहीं दे सकता, क्योंकि मुझे तुम्हारी किसी बात में सार कभी भी नहीं दिखाई दिया। मुझे मरने का कोई डर नहीं है। तुम्हारी सारी मेहनत बेकार रही। तुमने झगड़ा करके ख़जाने से भी हाथ धोया और जहाज़ भी तुम्हारे हाथ से निकल गया। जहाज़ मेरी कोशिशों से ग़ायब हुआ है। मैंने उसके लंगर के रस्से को काट डाला था, इसलिए जहाज़ बह गया, मगर मुझे मालूम है कि वह कहां है। जब तक तुम मेरे भरोसे में नहीं आओगे, उसका पता नहीं पाओगे और न टापू से जा पाओगे। तुम मेरी जान ले लोगे, तो यहीं टापू में ठहरे रह जाओगे। संसार में वापस न जा पाओगे। फैसला तुम्हारे हाथ है।"

इतने में मोरगन नाम का एक लुटेरा छुरा लेकर बोला, "इसे मार डालना ठीक रहेगा। नक़्शा इसी के पास है। इसने हमारा नुकसान किया है।"

सिलवर उस पर डपटा, "खबरदार, इसे मार मत देना!"

मोरगन ने दूसरे लुटेरों से कहा, "इस लड़के को ज़िन्दा छोड़ना ठीक नहीं रहेगा। सिलवर को छोड़ो।"

सिलवर चीख़ पड़ा, "क्या कहा? तुम्हारी यह हिम्मत," और फिर मुंह बनाकर बोला, "इतनी हिम्मत आ गई तुम में। चीर कर दो कर दूंगा, समझे, जाओ, जाकर अपना काम देखो।"

उन्हें चुप देखकर सिलवर फिर बोला, "गीदड़ो, तुमने क्या सोचकर मुझे अपना कप्तान चुना? क्या इसलिए कि तुम उलटे-सीधे काम करो और मैं चुपचाप देखूं। इस लड़के की ज़रूरत तुम क्या जानो? यह बड़ा होशियार और साहसी लड़का है। तुम लोगों में कोई इसके बराबर नहीं है।"

वे सब लोग बोझिल क़दमों से वापस लौट गए। लौटते वक़्त सबके सिर झुके थे। पता नहीं पछतावे से या शर्म से या फिर असल में डर से। सिलवर सचमुच भयानक फ़ैसले ले डालता था।

थोड़ी देर बार सिलवर बोला, "आओ, हम एक फैसला कर लें। मैंने तुम्हें बचाया। कभी मेरा पासा उलट पड़ा, तो तुम भी मुझे बचाओगे न?"

मैं चुप रहा। वही फिर कहने लगा, "जहाज़ न मालूम कहां चला गया है। किसी को पता नहीं है। जिम, अगर तुम किसी तरह जहाज़ का पता लगा लो और यहां से जाने की तैयारी करो, तो मुझे अपने साथ ले जाना मत भूल जाना। अच्छा, और सुनो मैं ट्रिलोनी और डॉक्टर का साथ देने को तैयार हूं। मैं जानता हूं जहाज़ कहीं डूब नहीं गया है। उन्हीं लोगों ने कहीं छिपा दिया है। अच्छा, यह बताओ जिम, डॉक्टर ने ख़जाने का नक़्शा मुझे क्यों दिया?" फिर उसने नक़्शा मेरे सामने रख दिया। मैं हैरत में पड़ गया। सचमुच यही असली नक़्शा था। मेरी समझ में कुछ नहीं आया। आख़िर डॉक्टर ने यह नक़्शा इसे क्यों दे दिया। यह तो उसका दुश्मन था।

बारह

सिलवर ने जब मुझे नक़्शा दिखाया था, तब उसके वे लुटेरे साथी बाहर खड़े आपस में खुसर-फुसर कर रहे थे। उनकी बैठक देर तक चली, फिर अचानक उनमें एक भीतर आया और मशाल मांग कर ले गया। अब हम अंधेरे में थे और बाहर उजाला था।

सिलवर मुझसे बहुत नर्मी से और दोस्ताना बात करने लगा था। इतने में मेरी नज़र दीवार पर पड़ी। उसमें एक छेद से रोशनी छन कर आ रही थी। मैंने उस छेद में आंख लगाकर बाहर का हाल देखा। सारे लुटेरे गोल दायरे में खड़े थे और उनमें से एक आदमी घुटनों के बल बैठा था। उसके सामने बाइबिल रखी थी। वे शायद बाइबिल छूकर कोई शपथ ले रहे थे। मेरे दिमाग़ में आया, शायद ये मेरी और सिलवर की हत्या करने के लिए एकजुटता बना रहे हैं।

एकाएक सारे आदमी मिलकर अन्दर आए और सिलवर के सामने खड़े हो गए, फिर उन्होंने एक आदमी को हाथ मारकर सिलवर की तरफ़ धकेला। सिलवर बोला, ''डरते क्यों हो? कहो, जो कहना है और यह तुम्हारे हाथ में क्या है?''

उस आदमी ने सिलवर के हाथ में काग़ज़ रख दिया। काग़ज़ देते ही वह वहां से भाग लिया।

सिलवर काग़ज़ देखता रहा और फिर बोला, ''अच्छा, यह तो

काला निशान है, तो तुम सब लोगों का एकमत फैसला है यह?''

लुटेरों में एक लम्बा-चौड़ा आदमी था। वह बोला, ''सिलवर बेकार की बातों को छोड़ो। हम लोगों ने तुम्हारे वास्ते काला निशान तय किया है। अब तुम पूरी चिट्ठी पढ़ लो।''

''ठीक है जार्ज, अभी देख लेता हूं कि क्या लिखा है? अब समझा, तुम कप्तान बनने की तमन्ना रखते हो। अगर सब चाहते हैं, तो बन जाओ कप्तान।'' सिलवर ने हंसते हुए कहा।

''हां, सिलवर, अब ये लोग तुम्हें कप्तान मानने को तैयार नहीं हैं। कहो, तो तुम्हारे सामने सबसे पूछा जाए?''

''अरे, रहने भी दो जार्ज, मज़ाक़ मत करो। कप्तान मैं ही रहूंगा। देखूं, कौन नहीं मानता है। मुझे तुम्हारे काले निशान का डर नहीं? मगर मुझे खेद रहेगा कि मैं तुम जैसे मूर्ख लोगों का कप्तान बना।''

जार्ज कहने लगा, ''हम अगर मूर्ख हैं, तो तुम भी धोखेबाज हो। तुमने हमें धोखा दिया है। मुट्ठी में आ गए दुश्मन को छोड़ने की अक़्लमन्दी तुमने ही तो दिखाई। हम उनका पीछा करने चले, तो तुमने रोक दिया, तुम क्योंकि अक़्लमन्द जो थे। इस लड़के को भी तुमने छुड़ाया। तुम्हारा मतलब क्या है?''

''लेकिन तुम्हारी तरह मूर्ख तो नहीं जार्ज, ज़रा इसे देखकर बताओ कि यह क्या है?'' यह कहकर उसने ज़मीन पर एक काग़ज़ फैंक दिया। मैंने देखा, यह कोई मामूली काग़ज़ नहीं था। यह फ़्लिंट का नक़्शा था। नक़्शा देखते ही सब लोग उस पर एक साथ झुक गए और आंखें फाड़-फाड़कर देखने लगे। सबको आश्चर्य हुआ कि यह नक़्शा सिलवर के पास कैसे आ गया। इनके चेहरों से ऐसा लगता था, जैसे ख़ज़ाना उन्हें मिल गया हो।

सिलवर सबको डांटते हुए बोला, ''देखो, मैंने तो किसी तरह अपना काम पूरा कर ही लिया। ख़ज़ाने का नक़्शा ले लिया। तुमने

क्या किया? जहाज की रखवाली नहीं कर सके? ठीक है, अब तुम चाहे जिसे कप्तान बनाओ, मुझे क्या?"

सिलवर ने काले निशान का काग़ज़ फेंक दिया और चीखा, "यह लो तुम्हारा काला निशान, चाटो इसको।"

जार्ज ने काग़ज़ उठाकर जेब में रख लिया।

तेरह

सवेरे-सवेरे एक और आश्चर्य देखा। हम अभी नींद में ही थे कि ज़ोर से हांक सुनाई दी। क़िले के बाहर से डॉक्टर की आवाज़ आ रही थी। उनकी आवाज़ से ऐसा नहीं लग रहा था कि जैसे कोई शत्रु के द्वार पर खड़ा हो, बल्कि ऐसा लग रहा था जैसे कोई प्यारा दोस्त किसी को पुकार रहा हो।

उनकी आवाज़ सुनकर मेरा खुश हो उठना वाजिब था, लेकिन यह सोचकर शर्मिंदा भी हुआ कि मैं बिना उन्हें बताए निकल गया था। अब वे अपने सामने पाकर मुझ पर गुस्सा होंगे। यही विचार मुझे सता रहा था।

डॉक्टर के आते ही सिलवर ने उन्हें छेड़ा, "डॉक्टर, हमारे दल में एक बढ़ोत्तरी हुई है? क्या आप अपने दल के उस सदस्य से मिलेंगे?"

डॉक्टर ने पूछा, "चलो, अच्छा है, जिम होगा, शुक्र है कि वह ज़िन्दा तो है।"

"जी हां, वही है। रात को वह यहां लौट आया और आराम से है।" डॉक्टर कुछ देर चुप रहा, फिर अपना स्टेथस्कोप सम्भालते हुए बोला, "जिम से बाद में मिलूंगा। पहले अपना फ़र्ज़ तो पूरा कर लूं। हां, चलो, रोगियों को दिखाओ।"

"डॉक्टर...रोगी...यह क्या माजरा है?" मैंने सोचा।

डॉक्टर जिधर से होकर गुज़रे मैं रास्ते में ही खड़ा था। मेरी ओर देखकर डॉक्टर ज़रा-सा मुस्कराए और आगे बढ़ गए। मुझे यह सोचकर आश्चर्य हुआ कि डॉक्टर बिना किसी झिझक के शत्रु शिविर में इलाज के लिए मौजूद थे। वे लोग उनके दुश्मन होते हुए भी एक हैसियत से घायलों और शत्रुओं के लिए अपना डॉक्टर का धर्म निबाहने आए थे। उन्हें उनसे कोई परेशानी नहीं थी।

रोगियों और घायलों को देखते और ज़रूरी हिदायत देने के बाद उन्हें मेरी सुध लेने की सूझी। अतः वे सिलवर से बोले, "हां, जिम को बुला दो। मैं उससे कुछ बातें करूंगा।"

जार्ज बीच में ही बोल पड़ा, "नहीं, जिम हमारा क़ैदी है। उसने हमारा जहाज़ गायब किया है। हम तुम्हें उससे नहीं मिलने देंगे। वह बीमार नहीं है!"

सिलवर उसे रोकते हुए बोला, "तुम चुप रहो! तुम होते कौन हो जवाब देने वाले! यह साफ़तौर पर मेरी हैसियत का नकारना है। इन्होंने सवाल मुझसे किया है, जवाब भी मुझे ही देना होगा। जिम से इनके मिल लेने और बात करने से हमारा बिगड़ क्या जाएगा", फिर डॉक्टर की ओर देखते हुए बोला, "पहले तो हम सबकी ओर से शुक्रिया। सचमुच आपने जिस उदारता का परिचय यहां आकर दिया है, हम आपके कर्ज़दार हैं। आपने इन रोगियों को न संभाला होता, तो हमारे कई आदमी अब तक स्वर्ग या कहीं भी पहुंच चुके होते। आज ज़रा बाहर आकर मेरा इन्तज़ार कीजिए। मैं अभी जिम को लेकर बाहर आता हूं। ऐसा लगता है, जिम उस जहाज़ का अता-पता जानता है। वह हमारी मदद कर सकता है।" डॉक्टर बाहर इन्तज़ार करने लगे।

थोड़ी देर बाद सिलवर मुझे लिवाकर बाहर आया। उसने डॉक्टर से कहा, "डॉक्टर साहब, जिम को पता है। मैंने इसकी जान बचाई

है। मेरे साथी इसे जान से मारने की ठाने बैठे थे। इसके कारण मुझे अपने सब साथियों से झगड़ा मोल लेना पड़ा है। वे लोग मुझसे नाराज़ चल रहे हैं। मैं झूठ-सच बोलकर, कोई-न-कोई झांसा या भुलावा देकर अभी उन्हें उनके इरादे से रोके हुए हूं, लेकिन शीघ्र ही जब उनका भ्रम मेरी ओर से टूटेगा, तो वे मुझे और इसे दोनों को मार डालेंगे। मैं चाहता हूं आप इसकी और मेरी जान की रक्षा करने से ग़ाफिल न रहे। आप मुझे भी अपने जहाज़ में अपने साथ यहां से ले चलें। सच बात तो यह है कि इनकी कमान संभाल कर मैं इनकी एकजुट ताक़त को, जो आप लोगों का नुकसान कर सकती है, रोके हुए हूं। मैं इधर होते हुए भी उधर का ही काम कर रहा हूं। अच्छा, अब मैं हटता हूं। आप जिम को आगे ले जाकर बात कर सकते हैं। मैं यहीं इसका इन्तज़ार करूंगा।'' सिलवर वहीं ठहर गया।

डॉक्टर ने कहा, ''जिम, यह तुमने क्या गज़ब किया? तुम चले कहां गए थे? फिर लौटे तो इनके पास आ गए। हमारा कप्तान घायल हो गया है। तुम साथ रहकर उसे संभाल सकते थे।''

मैंने डॉक्टर को सब कुछ बतलाया और यह भी कि जहाज़ इस समय कहां खड़ा है।

''अच्छा, तो तुम निठल्ले नहीं बैठे थे। हमारी भलाई का ही काम करते रहे। तुमने बेनगन को खोजा और अब इस जहाज़ को उनके कब्ज़े से आजाद करके छिपा दिया। बहुत अच्छा किया, लेकिन अभी तुम इनके साथ ही रहो। हम अपनी कोशिशों से तुम्हें यहां से आजाद कराएंगे। अब मैं चलता हूं।''

डॉक्टर ने सिलवर को आवाज़ दी, ''अब मैं चलता हूं सिलवर, आज ख़ज़ाना खोजने के अभियान पर निकलें।

''निकलना तो होगा ही, क्योंकि टालमटोल करने से मेरी और इस लड़के की जान ख़तरे में पड़ जाएगी, क्योंकि सबको पता है कि

अब तो वह नक़्शा भी मेरे पास है और डॉक्टर, आपकी यह दरियादिली मेरी समझ में नहीं आई कि आपने मुझे स्वयं यह नक़्शा सौंप दिया। क़िला भी छोड़ कर आप कहीं और जाकर रहने लगे।'' सिलवर हैरानी से डॉक्टर का मुंह ताकता खड़ा रहा।

डॉक्टर कुछ देर तक खड़ा सोचता रहा, फिर बोला, ''मुझे जो कहना था, कह डाला। तुम्हें ज़्यादा बताने का हक़ मुझे नहीं है। मौक़ा आने दो, तुम सब कुछ जान जाओगे, फिर भी तुम्हें यह भरोसा न दे सकता हूं कि अगर हम दुश्मनों के हाथ से बचे, तो तुम्हें भी बचाने की पूरी कोशिश करेंगे।''

सिलवर ने डॉक्टर को धन्यवाद दिया।

डॉक्टर बोले, ''अच्छा, मैं चलता हूं। जिम तुम्हारे साथ ही रहेगा। इसका ख़्याल रखना। इसके कारण ही तुम्हें हमारे दल की हमदर्दी हासिल रहेगी।''

डॉक्टर चला गया। कहां गया, मैंने जानने की कोशिश नहीं की और मुझे आश्चर्य हुआ कि सिलवर या उसके साथियों में से किसी ने भी इसकी ज़रूरत महसूस नहीं की।

हम वापस क़िले में लौटे। सिलवर बोला, ''जिम, मैंने तुम्हारी जान बचाई और तुमने मेरी जान बचाई है। मैं इसे याद रखूंगा। तुमने डॉक्टर के साथ जाने की ज़िद न करके हमारे अच्छे व्यवहार की गारंटी दी है। यह भी मैं याद रखूंगा। मेरे साथियों में अब मेरा कोई मित्र नहीं है। हमारे आपसी सम्बन्ध लालची आदत कर रहा है। देखो, कब तक चलता है लेकिन, तुम भी होशियार रहना ये मेरी और तुम्हारी जान लेने में ज़रा भी कोताही नहीं बरतेंगे। मैं तुम्हारे अलावा किसी का भरोसा नहीं कर सकता। थोड़ी देर में हम ख़ज़ाना ढूढ़नें निकलेंगे। तुम चौकस रहकर मेरे साथ ही बने रहना।''

उस दिन सभी ने खूब कस कर खाना खाया। खाना समाप्त

कर सिलवर बोला, "सब लोग मेरी बात ध्यान से सुनें। हमें जो चीज़ चाहिए थी, वह हासिल हो चुकी है। हम ख़ज़ाने का नक़्शा चाहते थे, सो मिल गया, पर जहाज़ नहीं मिला है। जहाज़ खोजने के पहले हम खज़ाना खोज लें, जिससे कि जहाज़ मिलते ही टापू से निकल चलें।"

सब कोई उसकी बात सुनते रहे। किसी ने टोका-टाकी नहीं की, कुछ देर बाद वही फिर बोला, "अब जिम हमारे साथ रहेगा। यह बड़ा होशियार है। हम इसकी मदद से जहाज़ खोज सकेंगे।"

सिलवर की चालाकी मैं समझ रहा था। वह मुंह देखी बातें करने में माहिर था।

इस तरह तैयार होकर हम लोग ख़ज़ाने की खोज पर निकले।

नक़्शे के अनुसार चलते-चलते हम पहाड़ के निकट जा पहुंचे। वहां कई छोटे-बड़े पेड़ थे। हमें उस जगह का सबसे ऊंचा पेड़ तलाशना था, क्योंकि उस ऊंचे पेड़ के पास ही ख़जाना दिखाया गया था। इतने सारे घने पेड़ों के बीच में पहुंचकर भी ऊंचे पेड़ की खोज करना सरल नहीं था।

चौदह

मस्ती में और उमंग भरे मन से हम आगे बढ़े। मैं और सिलवर सबसे पीछे रह गए थे। कारण एक तो वह लंगड़ा, दूसरे उसने मेरी निगरानी की जिम्मेदारी अपने ऊपर ओढ़ रखी थी। मैं समझ नहीं पा रहा था कि उसने मुझे अपने साथ बांध कर खुद को सुरक्षित कर लिया था या मुझे या कि दोनों को ख़तरे में डाला हुआ था। इस तरह तो असल में उसने मेरी हलचल को भी बांधा हुआ था, जैसे कोई बैल के गले में भारी पत्थर बांध दे।

वह धीरे-धीरे ही आगे बढ़ सकता था। बाक़ी लोग भी आगे जाकर सिलवर की प्रतीक्षा करते ठहर जाया करते थे, क्योंकि एक तो वह कप्तान और दूसरे नक़्शा उसके क़ब्ज़े में था। कभी-कभी किसी चट्टान को पार करते हुए मैं ऊपर जाकर उसे खींचता था। जैसे-जैसे हम ऊपर चढ़ते, पहाड़ की चढ़ाई और भी बढ़ती नज़र आ जाती।

हम लोग क़रीब आधा मील ऊपर चढ़ आए थे। पहाड़ी चढ़ाई अब थोड़ी ही रह गई थी और चोटी चमकने लगी थी।

अचानक हमारे बढ़ते क़दम रुक गए।

पेड़ों के बीच से किसी के ज़ोर से चीख़ने की आवाज़ आई, फिर एक पल बाद ही दूसरी चीख़ सुनाई दी। चीख़ सुनकर हमारे साथियों में भगदड़-सी मच गई। सबके चेहरों के रंग उड़ गए। हम

सभी हक्के-बक्के खड़े सुनते रहे। कोई दबे स्वर में गा रहा था और गाते-गाते चीख़ने लगा था।

हम लोग फिर आगे बढ़े। कुछ दूर चलने पर हमने देखा, एक पेड़ के नीचे एक गठरी-सी पड़ी है। उसके आस-पास कपड़े के कुछ कटे-कटे चिथड़े भी थे। धड़कते दिल को समेटकर जार्ज ने अपने को साहसी करने की गरज़ से एक लकड़ी से कपडों को टटोला और बोला, ''क्या इस टापू पर मरने के लिए जहाज़ियों के अलावा भी कोई आता होगा। संसार की दौलत की चाह जहाज़ियों को ज़्यादा सताया करती है।''

फिर उसने हड्डियों के उस ढांचे को ग़ौर से देखते हुए कहा, ''सह फ़्लिंट का ही काम हो सकता है। फ़्लिंट के साथ छह ख़लासी इस टापू पर उतरे थे। वह हर रोज़ एक को मारता रहा और सांतवें दिन जहाज़ पर चढ़ा। इस अस्थि-पंजर को देखकर लगता है, यह कोई लम्बा आदमी था। मोरगन तुम्हें तो याद होगा, डाइस काफ़ी लम्बा था। हो सकता है, यह ख़लासी डाइस की हड्डियां ही हैं।''

सिलवर कहने लगा, ''छोड़ो, हम डाइस के मामले की जानकारी करके क्या लेंगे? हमें तो ख़ज़ाना खोजना है। चलो, आगे बढ़ो!''

इतने में फिर तेज आवाज़ में गाने के बोल सुनाई दिए। आवाज़ डरावनी ज़रूर थी, लेकिन हम लोग सुनने लगे। चूंकि यह गीत जहाज़ियों का था, इसलिए हमारे दल के जहाज़ी इसे ध्यान से सुनते रहे। इस गीत को मैंने अपनी सराय में कप्तान बिल को भी पूरी मस्ती में गाते हुए सुना था।

मोरगन इस गीत को सुनकर सबसे ज़्यादा भयभीत हुआ। मारे डर के वह ज़मीन पर लेट गया। एक दूसरा ख़लासी बोला, ''यह आवाज़ फ़्लिंट की ही हो सकती है।''

थोड़ी दूर में आवाज़ आनी बन्द हो गई, जैसे किसी ने गाने वाले का गला घोंट दिया हो।

डर तो सिलवर ने भी महसूस किया, लेकिन वह अपने डर पर काबू करके बोला, "इस तरह से डर कर बैठने से क्या बनने वाला है? यह किसी भूत-प्रेत की आवाज़ नहीं, बल्कि आदमी की है। आओ, आगे चलो, देखते हैं, यह है कौन?"

सिलवर के शब्दों ने मानो दवा का असर किया, लेकिन इतने में फिर आवाज़ आई, "डरबी मैक्ग्रो...डरबी मैक्ग्रो...डरबी...!"

अब सबके होंठ सूख गए। एक बोला, "अब आगे बढ़ना बेकार है। चलो, हम लोग वापस चलते हैं।"

मोरगन बोला, "मुझे डर लग रहा है। हे, भगवान! फ़्लिंट इन्हीं शब्दों को बोलते हुए मरा था।"

लेकिन सिलवर चकित होने के बावजूद घबरा नहीं रहा था। वह पीछे हटने के लिए तैयार नहीं था। धीरे-धीरे उसने कहा, हालांकि डरबी नाम के उस ख़लासी को यहां हम दो चार को छोड़कर कोई नहीं जानता, फिर भी डरने का क्या काम? मैं कप्तान हूं। अतः मैं आगे-आगे चलता हूं।"

कोई नहीं बढ़ा, न कुछ बोला। सिलवर फिर बोला, "आदमी हो या भूत, परवाह नहीं, फ़्लिंट अगर मर कर भूत बन भी गया, तो भी इस ख़ज़ाने को लिए बिना मैं यहां से नहीं जाऊंगा।"

इतने में एक दूसरा ख़लासी बोला, "मुझे लगता है, यह आवाज़ फ़िलंट की नहीं है और शायद मैंने इस आवाज़ को पहले कहीं सुना है।... यह बेनगन की आवाज़ लगती है। बेनगन था हमारे साथ जहाज़ पर...याद है?" सिलवर बोला।

"हां, ठीक, यह बेनगन की ही आवाज़ है, तीन साल पहले वह कहां गया, कोई नहीं जानता।"

अब सबका डर ख़त्म हो चुका था। सब लोग दुगने हौसले से आगे बढ़ने लगे। थोड़ी देर में ही सिलवर ने मेरी रस्सी भी मुझे पकड़ा दी। हम ऊपर पहुंच गए थे।

चिल्लाकर सिलवर ने सबका ध्यान खींचा, "देखो, शायद वह पेड़ सबसे ऊंचा है।" जार्ज मेरी नाम का ख़लासी सबसे आगे चल रहा था। वह रुक गया। तब तक सिलवर वहां पहुंच गया।

यह क्या!?

हमने देखा कि दो-तीन गज़ की दूरी पर एक बड़ा-सा गड्ढा खोदा हुआ है। गड्ढे में लकड़ी के कई छोटे-छोटे टुकड़े दिखाई दे रहे थे। उनमें एक पर वालरस लिखा हुआ था। गड्ढे में कई जगह घास उग आई थी। वालरस फ़्लिंट के जहाज़ का नाम था। पता नहीं ख़ज़ाना कहां गया। किसको मिला। कौन ले गया। सत्तर लाख पौंड की रक़म वहां से गायब हो चुकी थी।

पन्द्रह

ख़ज़ाने को ग़ायब देखकर सबके होश उड़ गए। इतनी-इतनी मुसीबतें उठाने जबरदस्त खूनी लड़ाई, कई साथियों की जान गंवाने के बाद इतने जोखिम उठाने पर भी कुछ हाथ नहीं आया। सारी मेहनत बेकार गई।

सिलवर अपनी जगह पर खड़ा था। बाक़ी लोग ज़मीन पर झुककर आंखों और हाथों से इधर-उधर टोहने-टटोलने में लग गए। शायद भागते भूत की कोई लंगोटी ही हाथ आ जाए, लेकिन किसी के हाथ कुछ नहीं लगा। मोरगन को ही सोने की दो मोहरें मिलीं। वह सिलवर की ओर गुस्से भरी नज़रों से देखता हुआ बोला, "देख लो, इतनी मेहनत के बाद सोने की सिर्फ़ दो मोहरें हाथ लगीं। तुम तो कहते थे, सत्तर लाख पौंड का ख़जाना है। कहां गया वह?"

सिलवर बोला, "ज़रा और देखो, आसपास की ज़मीन को टटोलो। कहीं और तो नहीं दबा है। मैं तुम्हारे सामने हूं, ठगा तो मैं भी गया हूं। अगर इस ख़ज़ाने को कोई हमसे पहले ही निकाल कर ले गया है, तो...।"

इतने में मेरी बोला, "भाइयो, तुम लोग सिलवर की बात सुन रहे हो न? इसने हमें भुलावे में रखा। इसे मालूम है, ख़ज़ाना कहां गया। यह उन ख़जाना ले उड़ने वालों से मिला हुआ है। केवल नक शा लेकर हमें दिखाता रहा और उन्हें ख़ज़ाना ले जाने दिया।"

सिलवर बोला, ''वाह क्या ख़ूब कहा तुमने! अब तक झगड़ा करते रहने से क्या कम नुक़सान उठाया है, जो फिर बखे़ड़ा कराना चाहते हो। बोलो, झगड़ने से क्या कुछ मिल जाएगा?'' कुछ लोग खिसककर मेरे पास आ खड़े हुए। उन्होंने मुझे भी अपने घेरे में ले लिया। सिलवर निडर खड़ा रहा, परन्तु मुझे कई शंकाओं ने घेरा हुआ था। ख़ज़ाना कहां गया। गड्ढा ताज़ा खुद हुआ नहीं था, मुझे कुछ नहीं सूझ रहा था। खतरा मेरे सिर पर मंडराने लगा था।

जार्ज मेरी बोला, ''ये दोनों जानते हैं कि ख़ज़ाना कहां है, इन्हें ज़िन्दा नहीं छोड़ना है।''

इतने में ठांय-ठांय करके कहीं से गोलियां दाग़ी गईं और तीन ख़लासी सिर पर पांव रखकर भाग गए। रह गए सिर्फ़ सिलवर और मैं।

जिधर से बन्दूक़ की आवाज़ आई थी, उस तरफ़ देखने पर हमने पाया कि पेड़ों के पीछे से डॉक्टर, बेनगन और ग्रे तीनों बन्दूक़ लिए हमारी ओर आ रहे थे। उनकी बन्दूक़ों से अभी भी धुआं निकल रहा था। उन्हें देखकर सिलवर चिल्लाया, ''आप बड़े अच्छे वक्त पर आए डॉक्टर।''

''डॉक्टर को सदा ही ठीक वक्त पर पहुंचना चाहिए। वह बोले, ''हम लोग वहीं बैठ गए। डॉक्टर ने थोड़े में पूरी कहानी सुना दी। हमारे जहाज़ के यहां पहुंचने के बहुत पहले ही बेनगन ने पूरे टापू को छान मारा था और उसने फ़्लिंट का वह ख़जाना निकाल लिया था। ख़ज़ाने को उसने अपनी रहने की जगह में छिपा लिया था। अब सिलवर समझ गया कि डॉक्टर ने क्यों आसानी से नक़्शा उसे दे दिया था। बेनगन के पास खाने-पीने की चीज़ों की कमी थी, इसलिए डॉक्टर किला छोड़कर उसकी गुफा में उसके साथ जाकर रहने लगा।

कुछ देर बाद हम लोग बेनगन के बसेरे पर पहुंचे। गुफा के द्वार

पर दो आदमी बन्दूक़ लिए पहरा दे रहे थे। पास गए, तो देखा, वह ट्रिलोनी था। हम लोगो ने अपने-अपने रूमाल हिलाकर एक-दूसरे का स्वागत किया। सिलवर को देखते ही ट्रिलोनी बोला, "तुम इतने बुरे आदमी हो कि तुम्हें गोली मार देना चाहिए, पर डॉक्टर का ख़्याल करके छोड़ देता हूं।" सिलवर बार-बार अपनी गलतियों को माफ़ करने के लिए गिड़गिड़ाता रहा।

गुफ़ा बहुत लम्बी और आगे जाकर चौड़ी थी। अन्दर एक कोने में एक छोटा-सा झरना भी बह रहा था। बीच में आग जल रही थी, जिसके पास कप्तान स्मोलेट लेटा हुआ था।

"कैसे हो कप्तान?" मैंने पूछा। कप्तान ने भी मुझे देखकर खुशी प्रकट की, "अरे, जिम हॉपकिन्स कहां रहे बेटे अब तक? अरे, सिलवर, तुम भी आ गए?"

गुफ़ा के एक कोने में सोने की मोहरें और सिक्कों के ढेर लगे हुए थे। इतनी मुसीबतों के बाद यह ख़ज़ाना था। इसकी तलाश में इस अभियान में हमारे सत्रह आदमी-अपनी जान गंवा चुके थे। तीन भाग गए थे।

दूसरे दिन सुबह ही ख़ज़ाने को जहाज़ तक पहुंचाने का इन्तजाम किया गया। वे तीन, जो हमारे साथ से बाग़ी होकर भाग गए थे, उनकी तरफ़ से भी हमें हमले का डर था। इसलिए हममें से एक आदमी पहाड़ के ऊपर बैठकर पहरा देने लगा। ग्रे और बेनगन को नाव में ख़ज़ाना लादकर जहाज तक पहुंचाने का काम सौंपा गया।

मैं गुफ़ा में रुक रहा था। उन सिक्कों में न जाने किन-किन देशों के सिक्के थे। कुछ देशों के तो सौ साल पुराने सिक्के उनमें थे। पूरा ख़जाना जहाज़ तक पहुंचाने में हमें करीब पांच-छह दिन का समय लग गया। इस बीच उन तीनों लुटेरों का कोई सुराग़ नहीं मिला।

उन तीनों को टापू पर छोड़कर जाने का दिल तो नहीं था, लेकिन

उनके तौर तरीकों के साथ रहना भी तो आसान नहीं लग रहा था। अतः उन लोगों के लिए कुछ हथियार, खाने-पीने की चीज़ें, दवाइयां और कपड़े वग़ैरह वहीं छोड़ दिए, फिर हमने टापू से विदा ली।

जब जहाज़ चलने को हुआ, तो वे तीनों लुटेरे किनारे पर आ खड़े हुए और घुटनों तक पानी में आगे बढ़े पर चिल्लाने लगे, "हमें...लेते जाओ। हम माफ़ी मांगते हैं। हमें छोड़कर मत जाओ।"

हम लोगों को उन पर दया तो आई, पर बैठे-बैठाए मुसीबत मोल लेने में ख़तरा देखा। रास्ते में वे ज़रूर गद्दारी करेंगे, यही सोचकर उन्हें डॉक्टर ने चिल्लाकर जवाब दिया, "तुम्हारे लिए खाने-पीने की चीज़ें, औज़ार और कुछ हथियार किनारे पर छोड़ दिए हैं। एक नाव बना लेना और घर लौट आना।"

हमारा जहाज़ अब रफ़्तार पकड़ चुका था, थोड़ी देर में ही टापू आंखों से ओझल हो गया।

कुछ दिनों बाद हम ब्रिस्टल के बन्दरगाह पर पहुंचे। हम लोगों ने ख़ज़ाने को बराबर-बराबर हिस्सों में बांट लिया। कप्तान स्मोलेट ने जहाज़ का काम छोड़ दिया। ग्रे ने शादी कर ली और अपना एक जहाज़ ख़रीद लिया। बेनगन ने थोड़े ही दिनों में सारा रुपया बराबर कर डाला। सिलवर का कुछ पता नहीं चला।

मैं, डॉक्टर और ट्रिलोनी के साथ घर लौट आया। मां मुझे फिर अपने पास पाकर कितना ख़ुश हुई। मैंने सराय को फिर चालू कर दिया है।

...